http://www.bbulmedia.com

행운
공자

목차

제30장

파탄(破綻)

낙양은 넓고 광대한 대도시지만, 낙양에 사는 사람들에게 무림문파를 꼽으라면 누구나 딱 네 개의 문파를 떠올린다. 가장 오래된 역사를 지니고 있는 낙양 건씨세가를 시작으로, 정교한 쌍검술을 지니고 있는 해검진가(解劍秦家), 협의가 드높은 쾌도의 협도이가(俠刀李家), 용맹무쌍 적을 보고 물러서지 않는 맹창벽가(猛槍碧家).

　네 개의 문파가 제각각의 특성을 지닌 데다 서로 간에 친교를 돈독히 하니 지금까지도 큰 탈 없이 균형을 잡고 살아갈 수 있었다.

　한데 그것도 이제 끝이다.

　낙양 땅을 습격한 이괴(二怪)와 그 제자들은 단 하룻밤만에 낙양 땅의 균형을 무너뜨려 버렸다.

"막아! 막앗! 절대로 안채까지 내어줘선 안…… 커헉!"

맹창벽가의 수문장이 가슴이 움푹 꺼진 채 피를 토했다.

한밤중에 느닷없이 대문을 박살 내며 쳐들어온 이백여 명의 무리들은 너무나도 강했다. 양팔의 소매가 없는 야만스런 모습을 하고 있어서 한낱 도적떼에 불과하다고 생각했건만…….

벽가의 맹렬한 창법을 피해 내는 신법은 야생짐승처럼 민첩했고, 순식간에 품 안으로 파고들어 전개하는 장법은 단단한 바윗덩이도 한순간에 박살 낼 수 있을 만큼 강맹했다.

"끄악!"

"크어억!"

곳곳에서 비명과 절규가 터져 나왔다.

벽가를 지키는 무사들의 맹창(猛創)은 괴인들의 장법에 속수무책이었다.

어찌하여 그렇게나 강한 것인지.

찌르는 섬격이든, 휘두르는 참격이든, 그 어떠한 것도 시원하게 통하는 게 없었다.

"이놈들……! 감히 벽가에 쳐들어오다니……!"

쿨럭.

피를 한 번 더 토한 수문장은 벽가의 기본무공인 맹창십이식(猛槍十二式)을 펼쳤다.

크게 휘두르는 창로에 호연지기가 가득하니 그야말로

맹창이라.

따앙!

"흐으읍……!"

수천 번도 더 휘둘러 손에 익은 덕분일까? 처음으로 깨끗이 피해 내지 못한 괴인이 창대를 손으로 붙잡아 힘겨루기가 시작되었다.

창대를 사이에 두고 서로의 손이 얽혀 있으니 이젠 내공과 완력 싸움. 내공과 완력이라면 벽가의 특기가 아니던가!

콰드득.

하지만 수문장의 기억은 거기까지다.

얼굴이 등 뒤를 향할 정도로 목이 돌아가 버린 그는 더 이상 숨을 쉴 수가 없었다.

"나름 오랫동안 낙양 땅에 군림한 무가(武家)다. 우습게 보지 마."

"예! 대사형!"

깨끗한 얼굴에 이마가 넓어서 눈에 띄는 사내다.

복장은 특별할 게 없지만. 세상에 두려울 게 없을 듯한 사내들이 말 한마디에 차렷 자세를 할 만큼 강한 위압감을 주고 있었다.

"크억!"

"크윽……."

대사형이라 불린 자가 수문장을 격살한 뒤, 앞으로 나

서자, 남은 수문무사들은 반 각도 채 버티지 못한 채 전멸해 버렸다. 안채에서 침입을 뜻하는 방울 소리가 들리며 무사들이 쏟아져 나온 것도 바로 그때다.

"적의 습격이다! 벽가의 무사들은 모두 나와 막아랏!"

딸랑— 딸랑—

적의 습격을 알리는 방울 소리와 함께 안채에서 쏟아져 나온 벽가의 무사는 삼백여 명.

침입자의 수는 이백이니, 거의 배에 가까운 차이다.

"드디어 나왔군. 모두 죽여."

하나 대사형의 입에서 내려진 명령은 냉혹하고 절대적이다.

이백여 명의 괴랑대는 기쁜 듯한 기성(奇聲)을 지르며 상대에게 달려들었다. 건들거리는 듯한 보법에 강맹한 권장법은 안채의 벽가 정예에게도 통했다.

"이 건방진 놈드을—!"

쾅!!

강렬한 충돌음과 함께 공격해 들어간 괴랑대 두 명이 뒤로 튕겨져 나왔다.

벽가에 쳐들어 온 뒤 처음 있는 일이다.

상대는 벽가의 가주 벽태광.

낙양의 진정한 맹창(猛槍)이 드디어 나온 것이다.

"감히! 감히 여기가 어디라고!!"

내딛는 걸음은 대호(大虎). 휘두르는 거창은 질풍.

가주 벽태광의 무공은 확실히 다른 벽가의 무사들과는 차원을 달리했다. 똑같은 맹창십이식인데도 휘두르는 창에 실린 기운이 남달랐다.

일격에 사람이 날아가고, 머리 위에서 거창을 휘돌리니 폭풍 같은 바람이 불어 온다.

휘익—

더 놔두면 생각지도 않았던 피해가 발생할 상황.

가벼운 신법으로 벽태광의 앞을 막아선 것은 괴랑대의 대사형이다.

"벽 가주?"

"저리 꺼져!"

화아악—!

파도처럼 뿜어져 나오는 기백.

벽태광은 절정고수의 풍모를 가감 없이 내비치고 있었다. 왼발을 강하게 내딛으며 회전하는 허리. 온몸에서 짜내듯 뿜어진 전사경(傳絲逕)이 창끝을 무시무시한 속도로 회전시켰다.

괴랑대의 대사형은 그 강맹한 창법을 피하지 않았다.

정면에 버티고 선 채, 왼손은 활짝 펼친 장법의 형태로, 오른손은 꽉 움켜쥔 권법의 형태를 한 채 양손으로 기이한 원형을 그리며 허공에서 교차시켰다.

파방!

"……!!"

강맹한 창술이 이상한 기류를 뚫지 못한채 옆으로 빗나가 버린다. 분노에만 휩싸여 있던 벽태광의 두 눈에 이채가 떠올랐다.

"좌장우권(左掌右拳)! 이원권(二元拳)!!"

본래 장법과 권법은 내력의 흐름이 다른 법. 한데 그 두 가지를 하나로 합친 특이한 권각술로 천하에 이름을 떨친 이가 있으니. 바로 천하십대고수 중의 한 사람이다.

"파문장괴인가……!"

벽태광의 입에서 신음이 흘러나왔다.

"네놈! 삼괴의 제자더냐!!"

"괴랑대. 수석제자. 장춘이오."

파문장괴 최만궁의 수석제자 장춘이 양손을 모아 포권을 취했다.

"허. 야밤에 세가를 쳐들어와 내 수하들을 몰살시켜 놓고 포권이라?"

벽태광의 두 눈이 이글이글 타올랐다.

"본래 비정강호라고 하지 않소? 당신들이 약한 탓이니 억울해 마시오."

"뭐, 뭐라?!"

"오늘 우리는. 낙양 땅을 접수하겠소."

그 말이 끝나는 것과 동시에 벽태광을 향해 달려드는 장춘은 그야말로 기괴(奇怪)!

예의를 지키는 것 같다가도 살공을 전개하고, 제정신이

아닌 것 같으나 또한 눈빛이 차분하다.

"이노옴—!"

벽태광이 노성을 내질렀다.

성정의 폭급함에 있어서는 벽태광도 낙양땅에서 둘째가
라면 서러운 바.

강맹한 경력이 실린 맹창십이식이 쏟아져 나오고, 좌장
우권 이원권의 신묘함이 맹창십이식의 허점을 놓치지 않
고 파고든다.

용호상박으로 얽혀 드는 와중에 벽가는 점차 피내음이
진동하는 싸움에 휘말리고 있었다.

❖   ❖   ❖

"이 무슨, 조상님들께서 통탄할 일!!"

야밤에 경종 소리를 듣고 안채에서 뛰쳐나온 협도이가
(俠刀李家)의 가주 이지학은 인자했던 얼굴을 일그러뜨린
채 노성을 내질렀다.

나이가 들면 본래 앞날이 보인다지 않던가.

얼마 전부터 예감이 좋지 않았었다.

가슴이 턱 막힌 것 마냥 답답하고 주변의 모든 일이 우
중충하게 느껴졌다.

그래서 협도이가의 무인들에게 엄중한 경계를 하도록
지시했거늘.

한데 경종 소리를 듣고 나와 보니 이미 외문 쪽 무인들이 전멸해 있는 것이 아닌가!

"허헛! 허허헛!"

이지학은 황망스런 기분으로 허탈하게 웃었다.

외문쪽 무인들은 마치 암습을 받은 것 마냥 깨끗하게 죽어 있었다. 낯빛은 하얗고 입술은 푸른색이다. 극한의 음기(陰氣)가 몸속에 침투한 듯 눈꺼풀엔 서리마저 껴 있었다.

'음기!

"몇몇은 병장기도 못 꺼냈군. 통탄할 일이다. 내가 잘못 가르쳤구나."

파괴력보다는 빠르기와 정교함을 중시하는 쾌도술이야말로 협도이가의 성명절기. 그래서 협도이가의 무인들은 처음에 입문하고 일 년간은 발도술만을 수련한다. 숨 쉬듯이 자연스럽게 칼을 뽑아낼 수 있도록 만들기 위해서다.

한데 그런 협도이가의 무인들이 칼조차 꺼내지 못했다면 둘 중 하나다.

암습을 당했거나, 상대가 상상을 초월할 정도로 빨랐거나.

"요녀(妖女)들. 너희가 감히 협도이가를 습격하고 살아 돌아갈 수 있을 것 같은가!"

백염이 파르르 떨릴 만큼 분기탱천한 목소리였다.

이지학은 가장 가까이에 있던 여인에게 달려들었다.

칼날이 섬광처럼 뻗어 나갔다. 무인의 어깨에 차가운 소수(素手)를 찔러 넣던 여인이 대경하여 칼날을 막으려고 손을 들어 올렸으나, 이지학의 칼이 한발 빨랐다.

"악!"

"어딜!"

휘리릭—

여인의 어깨에서 피가 솟구치는 순간 초식이 변화했다. 불꽃놀이마냥 칼날이 여러 개로 분화하더니 옆에서 달려들던 다른 여인의 팔목을 스쳤다.

촤악—!

"아악!"

비명을 토해 내며 붉은 연꽃이 그려진 옷을 입은 여인이 제자리에 주저앉는다.

협도이가의 무사들이 일방적으로 밀리던 것이 믿기지 않을 만큼 압도적인 싸움.

이지학은 여인들의 목숨을 거두려고 했으나, 목을 노리는 칼은 새하얀 소수에 가로막혔다.

"과연, 가주는 다르군요."

여인들의 뒤쪽에서, 가장 아름답고 눈빛이 맑은 여인이 앞으로 나섰다. 그녀가 나서니 앞쪽에 있던 여인들이 모두 고개를 숙이며 물러섰다.

"하나 우리는 협도이가 따위에서 죽음을 당하기 위해 무공을 익힌 것이 아니지요. 이곳은 통과점에 불과하답니다."

"건방진……! 네년들이 단수괴녀의 제자들이라고 한들 바뀌는 것은 없다. 미친 계집들 따위에게 당할 만큼 낙양 땅은 호락호락하지 않다는 것을 내가 몸소 보여 주마!"

"흥, 정중히 대해 주려 했더니 그 태도. 감히 사부님을 업신여기다니. 수석제자인 나 배희희가 용서치 않겠어요."

날카롭게 쏘아붙인 배희희는 날듯이 가벼운 몸놀림으로 땅바닥을 박차고 날아올라 이지학을 정면에서부터 압박해 들어갔다.

"괴녀의 제자 주제에 참한 말투라니. 안 그래도 역겹기 짝이 없었다!"

이지학이 가주의 위(位)에 오른 지도 수십 년.

그동안 단 하루도 거른 적이 없이 다듬은 협도이가의 쾌 도술이 빛살처럼 뻗어 나갔다.

쒜에엑——!

이지학의 칼놀림은 허리부터 칼끝까지 일직선으로 쭉쭉 뻗어 나가는 듯 깔끔하다.

반면에 팔목부터 손끝까지 전부 서리로 덮인 듯 새하얗 게 빛나는 소수마공(素手魔功)의 움직임은 둥그렇게 원을 그린다.

소수마공을 전개한 배희희의 손이 칼날을 잡아 오자, 이지학은 가만히 내버려 두지 않고 손목을 비틀어 피해 냈 다.

칼끝이 노리는 부위가 목덜미, 가슴, 옆구리로 시시각

각 변해 간다.

무변(無變)이 곧 만변(萬變).

그러다 한순간의 섬광이 번뜩였다.

쩌엉!

"……!!"

이지학의 두 눈이 경악으로 크게 뜨였다.

놀랍게도 배희희는 이지학이 평생 동안 닦아 온 심득의 무공을 파훼하고 칼끝을 손으로 잡고 있었던 것이다.

"이럴 수가……!"

손끝이 조금 베였지만 그뿐.

소수마공의 강력한 냉기는 오히려 이지학의 칼끝을 쪼개 놓았다.

"잠깐이지만 놀라게 만드는군요. 태극혜검이라도 따라 했나요? 무변이 만변이라니. 이 손에 상처를 입을 줄이야……. 자존심이 상하는군요."

"말도 안 되는……! 삼괴도 아니고. 괴녀의 제자가 이리도 강하단 말인가."

"흥, 사부님께 도전하려면 오십 년은 더 무공을 익혀야겠어요."

낙양사가의 가주들 중 가장 오랫 동안 깊은 무공을 익혔다고 자부하는 이지학이었으나, 그런 그가 고작 삼괴의 제자와 동수를 이루고 있다.

이지학은 혼란에 휩싸이는 낙양의 모습이 눈앞에 선한

것 같았다.

'이렇게 끝인가……!'

이지학의 두 눈이 깊이 가라앉는다. 곳곳에선 소수마공에 당한 이가의 무인들이 쓰러지고 있었다. 비명조차 지르지 못한 채 몸속에 음기를 침투당해 죽어 간다.

"하나만 묻지. 다른 낙양사가도, 이런 식으로 습격할 건가?"

"흥, 대답해 주죠. 오늘 낙양사가는 낙양 땅에서 사라질 거예요."

곧바로 달려드는 배희희.

마치 커다란 구렁이가 몸을 뒤집는 듯한 교룡번신(蛟龍飜身)의 신법이 쾌도를 피해 내고, 시리도록 아름다운 소수(素手)가 어깨로 파고든다.

거친 비명 소리와 함께 협도이가는 화마에 휩싸이고 있었다.

❖   ❖   ❖

단수괴녀 봉일래와 파문장괴 최만궁은 담장을 넘지 않았다.

최만궁이 터덜터덜 다가가서 대문에 양손을 살짝 댔는데, 단지 그것만으로도 화탄이 터지듯 구멍이 뻥 뚫려 버렸다.

"누구냐!!"

"비상! 침입자다!"

그렇게나 대대적으로 큰 소란을 일으키는데 가만히 있을 무가(武家)가 어디에 있을까.

첫 번째로 미리 대기하고 있던 해검진가의 외부 무인들이 몰려들었고, 촌각도 지나지 않아 심상치 않은 기색을 눈치챈 안채에서 진가의 최정예병력이 뛰쳐나왔다.

"호오, 훈련은 제법 되어 있구만?"

"낙양사가는 실전 경험이 거의 없다고 하지 않았나요?"

"그랬지. 삼 년에 한 번씩 정예 몇 명을 강호행 시키는 게 전부라고 알고 있었는데……. 흐음, 고인 물은 썩는 법 아니던가?"

"늙은 영감탱이. 하여간 제대로 아는 게 하나도 없군요."

"뭐얏? 고얀, 봉 매. 한 번만 더 영감 어쩌고라고 부르면 볼기짝을 때려 줄 줄 알아!"

"사람이 점점 저질이 돼 가는군요. 상종을 못하겠어. 정말."

"커허험!!"

머리가 허옇게 샌 봉일래는 마치 십대의 소녀처럼 새침하게 고개를 팩 돌리고, 최만궁은 민망한 듯 헛기침을 했다.

한편, 그런 두 사람의 담화를 지켜보는 진가의 무인들

은 모두 긴장으로 온몸이 딱딱하게 굳어 있었다.

천하이괴에 대한 소문은 무공을 익히는 무인이라면 누구나 알고 있다.

그들의 특이한 외모, 특색 있는 무공.

그리고 괴팍하다고 일컬어지는 성정까지.

"어이, 니들 뭘 멍하니 보고 서 있어? 안 덤벼?"

뒷짐을 지고 서서 주변에게 소리치는 최만궁은 그야말로 이해불가.

지금 주변엔 백오십여 명의 무인들이 병장기를 차고 포위하고 있는데 어째서 그는 긴장의 편린마저 보이지 않는단 말인가.

"으으……!"

해검진가의 외당당주 임무택은 신음을 흘리다가 마침내 쌍검을 뽑아 들고 앞으로 나섰다.

겁이 난다.

천하이괴의 쟁쟁한 명성은 고작 낙양의 한구석에 위치한 해검진가와는 비교조차 할 수 없다.

하지만 대문을 박살 내며 쳐들어온 상대한테 아무도 덤비지 못해서야 낙양사가의 이름이 울지 않겠는가!

"나는……!"

"외당당주. 아서게!"

앞으로 나서려던 임무택이 화들짝 놀라 공손히 뒤로 물러났다.

그뿐만이 아니다.

나와 있던 무인들 모두가 양옆으로 갈라지며 한 사람에게 길을 만들어 주었다.

"천하무림을 독행(獨行)하며 명성 높은 두 명의 절대고수를 뵙다니! 오늘 이 진모(某)가 개안을 하는 기분입니다."

그때 당당히 걸어 나와 포권을 취하는 중년의 사내. 양 갈래로 기른 콧수염이 잘 어울리는 미남이었다.

"어머나, 진 가주는 미남이군요."

봉일래가 눈을 반짝이며 교소를 짓는다.

"어허! 봉 매. 저런 놈은 여자를 후리고 다니는 놈이야. 눈길을 줄 만한 놈이 아니라고."

"머리를 산발하고 짐승처럼 사는 영감탱이보다는 훨씬 낫네요."

"허어. 진정 내 말을 안 듣겠다는 것이야?"

"시끄러워요. 저 사내 목소리가 안 들리잖아요?"

"……!!"

최만궁의 얼굴이 붉으락푸르락하는 사이, 해검진가의 가주 진종극은 난감한 얼굴로 고개를 저었다.

"여협의 말을 받기가 어렵군요. 여기 최 대협이야말로 천하가 알아주는 사내가 아닙니까?"

"허어! 거, 이 친구. 꽤나 보는 눈이 있구만!"

최만궁이 껄껄 웃으며 봉일래가 어떤 반응을 보이는지

힐끔힐끔 곁눈질을 하였다. 하나 봉일래는 말 같지도 않은 소리를 한다는 듯 코웃음치며 손을 내저었다.

"비교할 걸 해야지. 태양이랑 반딧불을 보여 주면서 뭐가 더 낫냐고 하는 거와 마찬가지 아닌가?"

"뭣……! 봉 매. 거기서 태양은 나겠지?"

"쯧쯧쯧. 한심한 영감탱이. 당연히 태양은 저쪽이지."

"뭐얏!"

봉일래가 혀를 차자 최만궁의 얼굴이 새빨갛게 달아올랐다.

너무나 알기 쉬운 감정변화다.

눈을 희번득거리던 최만궁의 분노는 이내 진종극을 향했다.

"그래. 좋겠다 아주! 잘생겨서 좋겠어! 평생 그 얼굴로 이득만 보고 살았었겠지? 이 자식아. 부럽다 아주! 잘생긴 게 부러워!"

"……끄응."

"내가 오늘 그 잘생긴 얼굴을 뭉개 주마! 그러면 봉 매도 태양이니 반딧불이니 하는 말은 안 하겠지!"

숨을 씨근거리며 분을 감추지 못하는 최만궁이다.

진종극은 당황을 감추지 못했다.

낙양 땅의 알아주는 무가(武家)에서 태어나 이렇게나 막되 먹은 대우를 받은 건 처음이었다.

'역시 대화로는 이괴를 상대할 수 없는 것인가…….'

세 치 혀로 큰 피해를 막아 보려 했거늘. 과연 별호에 괴(怪)자가 붙은 자들은 달랐다.

"최 대협. 정말 진가를 쳐야만 하겠습니까?"

"허어! 이제 와서 무슨 소리야? 대문도 부쉈잖아? 그럼 한 판 떠야지?"

"대문이야 고치면 되지요."

"뭐야? 허! 거참, 이렇게 자존심 안 세우는 세가는 또 처음일세."

노골적으로 혀를 차는 최만궁을 보며 주변을 둘러싸고 있던 진가의 무인들이 얼굴이 새빨갛게 달아올랐다.

"어이, 진가 놈아. 정말로 내가 여기서 물러나면 대문이 박살 났는데도 가만히 있을 거냐?"

"예. 그럴 생각입니다."

"이래도?"

콰직.

최만궁이 손을 한 번 내젓자 대문 위에 달려 있던 현판이 쩍! 하고 갈라져 바닥에 떨어졌다.

"크윽……!"

"큭!!"

무가(武家)에서 현판은 곧 목숨.

무인들이 이를 악무는 소리가 사방에서 들렸다. 진종극의 시선이 반으로 쪼개져 바닥에 떨어진 현판에 닿았다.

"……예. 가만히 있으려고 합니다."

"허?"

최만궁이 기가 차다는 듯이 웃더니 현판을 짓밟고 위에 올라섰다.

주변에서 다시 한 번 탄식이 터져 나온다.

그는 그를 향한 멸시 어린 시선을 즐기듯 히죽이 웃었다.

"어이, 진가 놈."

"예."

"무인은 죽을 때 죽더라도 자존심은 살려야 하는 것 아니었냐? 가슴속에 칼 한 자루 품으면 언제 어디서 죽든 그걸로 만족! 그런 게 무인이라는 족속 아니더냐, 이 말이야. 내 말이 틀려?"

"맞습니다."

"그런데 넌 왜 그렇게 뼈대 없는 오징어마냥 흐물거리는 거지? 해검진가는 무가 아니었냐? 설마 강자 앞에선 개새끼가 꼬리를 감추듯 열심히 절하는 관리 놈들이랑 똑같은 건 아니겠지?"

최만궁은 어디 한번 대답해 보라는 듯 으쓱대며 물었다.

"제가 가만히 있는 이유는……."

진종극은 잠시 대답을 멈추고, 주변에서 분기를 감추지 못한 채 당장이라도 폭발할 것 같은 수하들을 쭉 둘러보았다.

"저는 무인이기 이전에 해검진가의 가주이기 때문

입니다."

"즉, 무인의 자존심보다 가주로써의…… 거 뭐냐, 의무가 먼저다?"

"부서진 물건? 돈? 명예? 그보다는 목숨이 더 귀합니다. 내 사람들의 목숨만 살릴 수 있다면 저는 뭐든 할 수 있습니다."

"허어?"

최만궁이 어이가 없다는 듯이 입을 벌린다. 그러자 옆에서 봉일래가 까르르 웃음을 터뜨렸다.

"호호호홋! 거 봐요. 내 말이 맞죠. 이 사내는 괜찮은 사내예요. 주변을 봐요. 당장이라도 칼부림을 낼 것처럼 살벌한 얼굴들을 하면서도 아무도 나서지 못하잖아요?"

"……쯧쯧, 하나같이 뼈대가 없는 놈들이라 그래."

"과연 그럴까요? 그만큼 가주가 존경받고 있다는 뜻 아니에요?"

봉일래가 잔주름을 만들며 배시시 웃는다. 최만궁은 탐탁지 않은 눈빛으로 주변 사내들을 둘러봤다.

"뭐야. 꼬아? 한 판 해봐? 네놈들이 사내놈들이면 당장이라도 덤벼 봐! 이 벌레 같은 것들. 쯧쯧, 자존심도 없는 놈들! 몸 사리는 꼬라지하고는. 제놈들 얼굴이 이렇게 짓밟히는 대도 아무도 나서지 않으니!"

쾅. 쾅.

최만궁은 더 신이 나서 현판을 밟아 댔다.

"······."

무인들은 다들 움찔거리며 몸을 떨었으나, 그중 누구도 앞으로 나서지 못했다.

"크윽, 저 개자······!"

"어이, 참아! 가주님의 마음을 헤아려라. 저분이 지금 어떤 심정으로 현판이 짓밟히는 모습을 보고 계실지. 어떤 마음으로 저 수치를 참고 계실지, 헤아리란 말이야!"

몇몇이 도저히 참지 못하고 병장기를 뽑으려 했으나, 그마저도 외당당주 임무택이 말렸다.

임무택이 손끝으로 진종극의 손을 가리켰다.

앞에선 안 보이지만 뒤에서는 보인다. 얼마나 주먹을 세게 쥐었는지 새하얗게 질린 손끝이 피범벅이 되어 있는 모습이.

"가주······!"

임무택의 두 눈에 분기탱천의 눈물이 글썽였다.

그는 조금 전, 진종극이 그의 곁을 스쳐가며 한 말을 다시 한 번 되새겼다.

"내가 어떤 행동을 하더라도······ 절대로 나서지 말게."

"멍청이들아. 저분이 우리의 가주님이시다. 자랑스런 우리의 가주님······! 그게 가주님의 뜻이라면, 설령 스스로 심장에 칼을 꽂는 일이 생기더라도 해야만 하는 거다.

알겠냐?"

임무택의 말에 공감하지 못하는 사람은 아무도 없었다.

모두가 침묵했고, 진종극의 의사대로 아무도 칼을 빼지 않았다.

"쳇, 재미없는 놈들."

최만궁은 놀이에 질린 어린 아이 마냥 입을 삐쭉이더니 현판 위에 털썩 걸터앉았다.

"아아, 난 오늘 낙양사가를 다 쓸어버려야 하는데. 어쩌지? 이것들이 협조를 안 하네!"

"……."

"아하!"

최만궁은 갑자기 다시 벌떡 일어섰다.

"어이, 진가 놈. 그럼 이렇게 하자. 내가 제안을 하나 할 테니. 그걸 이행한다면 너희 진가를 건드리지 않도록 하마. 대신 이행할 수 없다면…… 너희 모두는 오늘 이 자리에서 죽는 거야."

단 두 명에서 수백의 인원을 향해 몰살시키겠다고 말하는 위협.

한데, 그 위협이 충분히 가능하다는 것이 너무나 무서운 일이다.

천하십대고수 중 두 사람이란, 그 정도의 힘이 있었다.

"제안을 받아들이겠소."

"허? 그게 뭔지 듣지도 않고?"

"그렇소."

"어쭈?"

최만궁의 얼굴에 장난스런 미소가 어린다.

"무릎 꿇고 앉아서 내 발을 핥아."

"알겠소."

한순간도 망설이지 않고 금방 나오는 대답이다. 사방에서 절규가 터져 나왔다.

"안 돼!"

"가주! 안 됩니다! 차라리……!"

진종극은 듣지 않고 곧바로 무릎을 꿇으려고 했다. 한데 그때, 최만궁이 손을 들어 올렸다.

"진짜 꿇으려고? 허헛, 근데 이러면 너무 빤하지. 내 그럴 줄 알았어. 왠지 이건 할 것 같더라고."

"……그럼 원하는 게 이게 아닌 것이오?"

"그래. 다른 거다."

최만궁이 손가락을 들어 진종극의 심장을 가리켰다.

"자결해."

"……!!"

이번만큼은 선뜻 나오지 못하는 대답.

진종극은 입을 꾹 다문 채 최만궁의 두 눈을 진지하게 응시했다.

"진심으로 하는 말이오?"

"그래."

"천하이괴는 성정이 자유로워 도저히 종잡을 길이 없으나, 한 번 약조한 일은 하늘이 두 쪽이 나도 지킨다고 들었소. 두 분 모두, 내가 자결하면 진가의 가솔들은 모두, 절대로 손대지 않는 게 분명하오?"

최만궁은 네깟 놈의 마음은 다 안다는 듯, 비웃으며 고개를 끄덕였다.

"물론이지. 내 이름을 걸고 약조하는데. 네놈이 자결한다면 진가 놈들은 전부 다 살려 주마. 괜찮지 봉 매?"

힐끔 바라보며 눈치를 살피는 건 봉일래를 향해서만이다.

"그래요."

봉일래는 심유한 눈빛으로 진종극을 흘깃 보더니 고개를 끄덕였다.

"약조한 거요?"

"아, 그렇다니까! 약조한다! 그러니 허세부리지 말고 죽어 봐! 흐흐, 네놈만 죽으면 뒤에 있는 놈들은 모두 살려 줄게! 뭐? 자존심이 없어? 목숨이 가장 중요해? 그래, 그중에서도 네 목숨이 가장 소중하겠지. 너 같은 가식적인 놈들 내가 수백 명 봐 왔다. 어이, 진가 놈! 못 죽겠지? 앙? 못 죽겠으면 빨리 덤벼. 어차피 죽을 거 한 번 반항이라도 해 봐야 자존심이라도 지키는 거 아니겠냐? 그치? 빨리 덤벼 보라니까?"

최만궁은 낄낄대며 웃었다.

"큭……!!"

채챙—!

석상처럼 굳어 있던 무인들이 허리에 차고 있던 쌍검을 일제히 뽑아 든 것은 바로 그때다.

"여기까지다……!"

가장 먼저 쌍검을 뽑아 든 자.

앞으로 나서지 말라며 무인들을 만류하던 외당당주 임무택이다.

"가주! 미안합니다! 더는 못 참겠소! 현판이 부서져도 좋고, 부서진 현판이 짓밟혀도 좋고, 항상 고상하고 고고했던 가주님이 무릎을 꿇고 더러운 늙은이의 발을 핥아도 좋아! 다 좋은데!!"

쿵쿵!

임무택은 칼을 쥔 주먹으로 자신의 가슴을 두드렸다.

"내 목숨을 내주면 내줬지. 살아 있는 동안 가주님이 우리 때문에 죽는 꼴은 못 보겠소. 그딴 걸 봤다가는 내가 화병으로 제 명에 못 죽지. 안 그러냐. 애들아!"

"옳소!"

"외당당주님 말씀이 옳습니다!"

와아아아—!

단 한 명도 빠지지 않고 진가의 모두가 한 목소리가 되어 외쳤다.

눈물을 흘리면서도 전의를 잃지 않은 얼굴.

아니, 오히려 이렇게 된 것이 기쁘다는 듯 만면에 미소를 띠고 있는 모습이다.

"너희……!"

진종극의 눈동자가 흔들렸다. 목숨을 버릴 결의를 잠시 잊어버릴 만큼 마음이 격동했다.

어찌 안 그럴 수 있을까.

이 정도로 사나이들의 마음을 받고 있는데.

평생 자신이 잘 살아 왔다는 증거를. 만금에도 비할 수 없는 신뢰를 그에게 모조리 쏟아 주고 있는데!

"이 멍청한 놈들!!"

진종극은 격앙하여 외쳤다.

신뢰를 받았기에.

그렇기에.

더더욱 할 수밖에 없다.

"너희는 너희의 목숨만 생각하는 것이냐!"

"……?!!"

함성이 멎는다. 모두가 입을 쩍 벌린 채 굳어 버린다.

진종극의 두 눈에선 불꽃이 활활 타오르고 있었다.

드러나는 존재감. 온몸에서 진가 가주로서의 위엄이 활화산처럼 끓어오른다.

"해검진가의 제 십구대 가주로서 명한다! 이 일에 절대로 나서지 말라! 어떤 일이 벌어져도, 설령 평생 안고 갈업을 두 눈으로 보게 되더라도, 그것은 진가의 무인이 된 순간 너희가 짊어져야 할 업보다. 너희가 할 일은 단 하나. 단 한 사람이라도 식솔들의 목숨을 살리는 데 최선을 다하라!"

침묵이 흘렀다.

자신의 천명을 깨달은 무인은 그런 것인지.

지금 이 순간만큼은 천하십대고수들 보다도 진종극이 더욱 거대해 보였다.

"최 대협의 관대한 제안. 진심으로 감사하오."

진종극은 최만궁과 봉일래를 향해 정중히 포권을 취했다.

"마지막으로 대협의 아량에 기대 한 가지만 더 부탁하고 싶소. 멀리 가는 길. 최후의 검무를 허락해 주시겠소?"

"검무라니. 비, 비무라도 하자는 게야?"

그릇의 차이란 이런 것이다.

무공은 최만궁이 더욱 강할 터인데, 최만궁은 말을 더듬을 정도로 진종극에게 기를 눌리고 있었다.

"아니, 검무로 족하오."

"……그럼 그러든지."

최만궁은 얼떨떨하게 대답했다.

진종극은 획— 하니 절도 있게 돌아서서 다시 진가의 무인들을 바라보았다.

"몽효, 나오거라."

바윗덩이처럼 무거운 분위기 속에서 한 청년이 걸어 나

왔다.

깊이 침잠한 어두운 눈빛. 어찌나 세게 깨물었는지 다 터진 입술에선 선홍색 피가 줄줄 흐른다.

하나 그럼에도 불구하고 영준한 외모는 젊었을 적의 진종극을 상상케 할 정도로 빼다 박은 모습이다.

"해검진가는 약하지 않다. 해(解)! 검(劍)! 이 두 글자의 의미를 깨닫는다면 진가의 검은 무적(無敵)이다."

"예, 아버님."

"잘 들어라. 내일 해검진가는 사라진다. 그때부턴 네가 남은 식솔들을 책임지거라."

"……!"

주변에서 헛바람을 집어삼켰다.

"해검진가가……!"

"사라져……?"

이백년 역사의 해검진가.

그 종말을 고하는 진종극.

진몽효조차 당황하였으나, 이내 이를 악물고 감정을 추스르더니 힘겹게 대답했다.

"예…… 아버…… 님."

"낙양 땅을 떠나야 할 수도 있으니 어려운 일이 많을 것이다. 하나 그 어떤 것보다 사람이 먼저다. 알겠느냐? 낙양 땅의 인연을 버리지 말거라."

"예, 큭, 아버님."

"몽화는…… 괜찮을 것이다, 똑똑한 아이니. 그 아이가 고른 녀석 말인데. 외당당주는 걱정하는 것 같았으나 내가 봤을 땐 괜찮아 보이더구나."

"……."

"몽효. 내 마음에 안 드는 일은 단 한 번도 안 한 녀석. 기특한 놈. 네가 걱정이다. 힘든 일을 맡기게 되어 버렸어."

"아버님……!"

진종극은 애정이 가득한 눈빛으로 잠시 진몽효를 응시하다가 돌아섰다.

"모두 보아라. 이것이 진가의 검이다."

챙―!

다리를 넓게 버티고 선 진종극이 자신의 애검 건양(建陽), 건음(建陰)을 뽑아 들었다.

한 자루는 정면을, 한 자루는 하늘을 향한다.

그리고 서서히, 부드러운 반원을 그리며, 정면을 노렸던 건양은 하늘을, 하늘을 노렸던 건음은 정면을 향했다.

서로 간의 자리를 바꾸며 끊임없이 휘도는 검. 부드러움 속에 절도가 있다는 말은 이럴 때 쓰는 것일 터이다.

처음으로 모두에게 선보이는 진종극의 진신무공은 모두를 놀라게 했다.

후계자 진몽효, 외당당주 임무택, 진가의 모든 무사들. 그리고 심지어 최만궁과 봉일래까지, 모두가 넋을 놓고 진종극의 검무를 응시했다.

부드럽고 절도 있던 움직임이 어느 순간 변화했다. 천천히, 완급을 조절하는가 싶더니, 오른발을 비스듬히 미끄러뜨리며 쌍검을 얼굴 앞에서 교차.

그리고, 그 순간 두 개의 검이 백 개로 나뉘어졌다.

"……?!"

입이 쩍 벌어지는 묘기.

대체 어떤 수련을 거치면 이 정도의 경지에 도달하는 것인지. 어마어마하게 많은 검의 잔상이 진종극의 몸을 가릴 만큼 펼쳐졌다.

검즉아(劍卽我) 아즉검(我卽劍)
검이 나이고 내가 곧 검이다.

진종극은 그 경지를 검무로 표현해 낸 것이나 다름없었다. 본래 쌍검은 수많은 검의 잔상에 가려 자신을 감추어 버린 그는 이미 검과 구분을 할 수도 없는 것이다.

"가주님의 무공이 저 정도였을 줄이야……!"

"사람의 무공이 아니다……!"

곳곳에서 넋이 나간 듯한 감탄이 흘러나온다.

만검(晩劍)과 환검(幻劍).

그 모든 것을 망라하는 검술은 누가 봐도 감탄이 나올

수밖에 없는 지고의 경지다.

하늘, 땅, 그리고 사람.

그 세 가지를 잇는 다리가 곧 진종극이 들고 있는 두 개의 검(劍).

좌르릉—

뱀의 비늘처럼 영롱하게 돋아났던 검날들이 천천히 제자리를 찾아 하나로 합쳐졌다. 어느새 반 시진 가까이 계속된 검무였다.

다리 하나를 높이 들어 올린 독립(獨立)의 자세에서 멈춘 진종극.

그의 입에서 준엄한 외침이 터져 나왔다.

"해(解)!"

챠릉!

하늘을 향해 솟은 두 개의 검날이 화려하게 빛난다.

"검(劍)!"

기이잉—

마치 생명을 얻은 듯 멋대로 움직이는 건양과 건음. 건양과 건음은 진종극으로부터 팔 하나 정도의 길이만큼 떨어져 나오더니 허공으로 떠올랐다.

"어, 어검……!"

이젠 더 놀랄 기운조차 없는 진가의 무인들이다.

우우웅—

휘릭!

건양검과 건음검은 허공에서 커다란 원을 각자 그려 내고는 다시 제자리로 돌아왔다.

아니, 정확히 말하자면 제자리는 아니다.

건양검과 건음검은 주인의 심장에 박혔으니 말이다.

"가주!"

"가주님!!"

모두가 절규했다. 진종극은 두 개의 협봉검을 가슴에 박은 채, 입에서 피를 흘리면서도 안색 하나 변하지 않았다.

"약속은…… 지키겠지요……?"

시선이 향하는 곳엔 파문장괴 최만궁이 있다.

최만궁은 지금껏 단 한 번도 보인 적 없는 진지한 얼굴로 고개를 끄덕였다.

"지킨다."

"다행…… 쿨럭, 쿨럭!"

꼿꼿이 버티고 서 있던 진종극의 몸은 대답을 듣자마자 앞으로 허물어졌다.

"아버니이임!"

"가주!!"

진몽효가 달려 나와 진종극을 안아 들었다.

항상 강인했던 아버지, 존경하는 가주.

그의 죽음은 단 한 번도 상상해 본 적이 없었으나 검이 두 자루나 가슴을 꿰뚫었으니 살아나기는 힘들 것이다.

"보았…… 느냐."

"예. 보았습니다……!"

"진가의 검은…… 무적……."

"크흑! 아버님! 아버니이임!"

낙양의 거성이 떨어지는 순간이다.

울부짖는 진몽효의 앞에서 진종극은 ·웃는 얼굴로 천천히 눈을 감았다.

모두가 진종극에게 시선이 쏠린동안 봉일래는 최만궁에게 나직하게 물었다.

"솔직히 말해 봐요. 마지막 어검. 어땠어요?"

"끄응……."

최만궁은 일그러진 얼굴로 입을 꾹 다물었다.

"제대로 상대했다면 최소한 팔 하나. 그렇죠?"

"……."

"낙양 땅에 대단한 무인이 하나 숨어 있었네요."

그의 성정 상 사실이 아니라면 당장 아니라고 외치며 길길이 날뛰었을 터.

천하의 최만궁이 침묵을 지킨다는 것 자체가 사실을 인정하는 거나 다름없었다.

"이런 데서 팔이라도 하나 잃었다간 사람들이 뭐라 그러겠어. 안 싸운 건 잘한 것 같아. 그렇죠?"

"크흠!"

"자결 안 할 거라더니, 하네 뭐. 자기 목숨보다 사람들을 아끼나 봐."

"봉 매, 그만해."

"약속은 지킬 거예요?"

최만궁은 눈썹을 씰룩거리다 대답했다.

"여기서 약속까지 깼다가는 난 천하의 개잡놈이 되는 거야. 이 최만궁이 그럴 수는 없지."

"호홋, 그렇죠."

"불만 있어?"

봉일래가 고개를 젓자 최만궁이 터덜터덜 앞으로 몇 걸음을 옮겼다.

"어이, 거기 아들놈."

진종극의 시신을 부둥켜안고 울고 있던 진몽효가 텅 빈 듯한 눈빛으로 최만궁을 바라보았다.

"잘 들어. 오늘밤 자정에 이곳으로 다시 돌아오겠다. 그때까지 '진가' 놈은 단 한 놈도 남아 있어선 안 돼. 알아듣겠냐? 단 한 놈도 없어야 해!"

"예……?"

"진가 놈은 단 한 놈도 남아 있어선 안 된다고!"

분노에 활활 타오르는 백여쌍의 눈이 최만궁을 노려본다. 물론 최만궁은 눈 하나 깜짝 하지 않았다.

"알겠습니다."

"도련님……!"

"그때 이곳에 진가 사람은, 단 한 명도 없을 겁니다."

진몽효의 눈에 영민한 빛이 돌아왔다. 목소리는 뚜렷했고, 가라앉아 있긴 했으나 번잡스런 감정이 느껴지지 않았다.

"말귀는 알아먹는 놈이구만."

최만궁은 헛기침을 몇 번 한 뒤 혼잣말처럼 중얼거렸다.

"이럴 줄 알았으면 제대로 비무나 한번 해볼 걸 그랬어. 아깝다, 아까워! 좋은 기회를 놓쳤구나. 어이, 봉 매. 가자, 오늘은 기분 잡쳤어!"

쉬익—

최만궁과 봉일래는 날 듯한 신법으로 순식간에 야밤의 그림자 속으로 사라져 버렸다.

대문이 박살 난 해검진가.

남은 것은 절망에 빠진 무인들과 한 구의 시신뿐이었다.

"도련님……."

최만궁과 봉일래가 돌아간 뒤, 외당당주 임무택은 통한의 눈물을 삼키고 있는 진몽효를 향해 조심스레 입을 열었다.

"어찌 이런 일이…… 저희가, 아니, 제가 더욱 강했더라면……!"

"그만두세요, 임 당주님. 그 심정은 모두가 같을 것입니다."

진몽효는 진종극의 시신을 조심스레 내려놓고 일어나, 붉어진 눈으로 주변을 둘러보았다.

진가무인들 모두의 눈에서 눈물이 흘러내리고 있었다.

"우린…… 해검진가는…… 오늘 가주를 잃었습니다."

"큭……!"

"크흑!"

사방에서 탄식과 오열이 터져 나왔다.

"아버님은…… 모든 것을 생각해 두셨습니다. 그렇기에 경천(驚天)의 무공을 지녔음에도 싸우지도 않고 스스로 자결을 택하셨지요."

진몽효는 눈을 지그시 감고 진종극의 검무, 그리고 그의 마지막 말들을 떠올렸다.

"너무나 슬픈 일이지만, 아버님의 마지막은 너무도 당당한 무인의 모습이셨습니다. 무인이 아닌 건 우리들. 너무나 약해서 지켜져야만 했던 우리들뿐입니다."

"도련님……!"

"잘 들어라. 내일 해검진가는 사라진다."

"낙양 땅을 떠나야 할 수도 있으니 어려운 일이 많을 것이다. 하나 그 어떤 것보다 사람이 먼저다. 알겠느냐? 낙양 땅의 인연을 버리지 말거라."

"우린…… 내일이라도 싸워야 하는 것 아닙니까?"

"가주님의 명예를 위해서라도……! 이대로 떠나는 건 안 됩니다, 도련님!"

울분에 찬 무인들에게 진몽효는 손을 들어올렸다.

"진정하십시오. 아버님의 뜻을 다시 한 번 생각해 보세요."

"크윽……!"

"저희의 적은 단지 천하이괴만이 아닙니다."

"예? 그게 무슨……?"

"이괴는 어떤 거대한 암류(暗流)의 일부일 뿐이라고 아버님이 말씀하셨습니다."

"……!"

"낙양뿐이 아니라 전 무림에 위기가 닥칠 수도 있습니다. 잘 생각해 보세요. 아버님께선 저희가 해야 할 일을 일러 주셨습니다."

진몽효의 입술이 파르르 떨렸다.

"아버님은 내일 해검진가가 사라진다고 말씀하셨습니다. 그건 이괴, 아니, 이괴와 그 뒤에 있는 어떤 거대한 집단으로부터 우리를 지키기 위한 것. 진가가 사라지면 그들은 진가의 이름을 갖지 않은 우리들을 해치지 않을 거라 생각하셨기 때문입니다."

"그래서 해체를……?"

"예. 굳이 내일 해산하라고 한 것도 그렇습니다. 아버님께선…… 오늘은 진가의 일원으로서 주변을 정리하되, 내일부터는 진가를 버리고 목숨을 보존하라는 뜻이셨지요."

"……!"

"즉, 내일부터 진가의 이름을 버리기만 하면 살아갈 수 있다는 뜻입니다. 외문(外門)의 상가(商家)들이나, 또는 낙양 땅에 기반이 있는 분들은 남아도 좋다는 이야기이지요."

진가의 무인들은 마치 진종극의 젊은 시절을 보는 듯한 환상에 휩싸였다.

미남(美男)에 차분하고, 단호하며, 말을 듣는 사람으로 하여금 신뢰감을 갖게 한다.

"도련님은…… 이제 어찌하실 생각이십니까?"

"아버님께서 말씀하셨습니다. 낙양 땅을 떠나야 할 수 있다. 사람을 가장 먼저 생각하되, 낙양의 인연을 버리지 말아라."

"낙양의 인연이라면……?"

"낙양에는 네 개의 가문이 있지요."

진몽효는 진종극의 시신에서 조심스레 건양검과 건음검을 뽑아내고 검집도 풀었다.

"아버님, 이 검은, 소자가 원수를 갚은 뒤에 다시 돌려드리겠습니다."

시신을 향해 양손을 모아 정중하게 포권을 취하는 진몽효.

이제 명실상부한 진가의 지도자가 된 그가 첫 번째 결정을 내렸다.

"우린 건씨세가로 향합니다."

제31장

고립(孤立)

덕만루에서 있었던 천벌단의 회합은 경악스런 소식에 갑자기 중단되고 말았다.

파문장괴와 단수괴녀.

천하십대고수 안에 드는 두 사람과 그 제자들이 낙양사가 중 세 곳을 습격했다는 소식이었다. 그 소식이 전해지자 진몽화는 들고 있던 찻잔을 떨어뜨렸고, 그 자리에 있었던 천벌단의 단원들 역시도 커다란 충격을 받았다.

"낙양 땅에서…… 낙양사가가 습격을 당해?"

전대미문.

있을 수 없는 일이라는 말만 머릿속에서 계속 맴돌았다.

"도련님, 지금 이러고 있을 때가 아닙니다! 다른 세 개의 가문이 습격당했다면 다음은 건씨세가가 아니겠습니까?"

벌떡 일어나 다급하게 외친 것은 장일봉.

무림에서 경험이 풍부한 그는 지금 상황에서 무엇이 가장 위험한지 금방 파악해 낸 것이다.

"저는, 관에 가 봐야겠습니다. 유서 깊은 낙양사가와 연관된 건 단순히 무림문파만이 아닙니다. 관에서 그런 곳의 변고에 손을 놓고 있는 것은 말이 되지 않습니다."

관에서 촉망받는 젊은 포두. 오칠 또한 벌떡 일어섰다.

"나도 가문에 전서를 넣어야겠군. 건 아우, 이건 심각한 일이야. 천하이괴가 낙양의 명문세가를 습격했다는 건 분명히 어떤 의도가 있다는 뜻. 낙양 땅은 소림사가 있는 등봉현의 바로 코앞이다. 이 일은 무림 차원에서 논의되어야 할 일이라는 거다."

쾅.

하고 탁자를 치며 일어난 열혈남아 팽소뢰도 분노와 혼란을 감추지 못했다. 당장이라도 밖으로 뛰쳐나갈 듯 어깨를 움찔거리기도 했다.

"어떻게……."

"이럴 수가……."

방득도 오대수도 지금의 상황이 실감이 나지 않는지 멍한 얼굴이다.

한편 건소길은, 소식을 들은 순간부터 눈을 질끈 감은 채 석상처럼 굳어져 있었다.

"잠깐, 잠깐만요."

건소길의 목소리가 떨렸다.

"상황을 정리해 보죠. 지금, 맹창벽가, 협도이가, 해검진가가 습격당한 것, 맞죠? 상대는 천하이괴와 그의 제자들이구요."

"예. 그렇습니다, 도련님."

장일봉의 목소리는 가라앉아 있었다.

"무사히 막아 낼 수는……?"

"없습니다."

장일봉은 진몽화의 눈치를 잠시 보았으나, 냉철히 대답했다.

"어째서죠? 낙양사가의 무공은 강합니다!"

"도련님, 냉정하게 생각하십시오. 물론 사가의 강함은 저도 잘 알고 있습니다. 하나 그건 중소문파들 사이에서의 평가일 뿐. 구대문파라든가 천하십대고수로 꼽히는 초절정고수의 힘과 비교하면……."

고개를 젓는 장일봉이다.

사실은 모두가 알고 있었다.

천하십대고수라는 말은 장난이 아니다.

낙양사가. 명문이긴 하나, 무림에선 중소문파 이상으로 취급해 주지 않는다.

사가가 약하다기보단 무림이 너무 넓고 뛰어난 자들이 그만큼 많기 때문이다.

"그럼 이럴 때가 아니지 않습니까."

흔들리던 건소길의 눈이 똑바로 중심을 잡았다.

"당장 가야 합니다. 습격당한 낙양사가로 향해서 도와
야 하지 않습니까!"

"……."

또다시 침묵. 방안에서 불편한 공기가 흘렀다.

"왜……? 어째서 아무런 말씀들을 안 하시는 겁니까?"

"……."

"여러분?"

방득도 오대수도. 심지어 오칠마저도 시선을 피한다.

"도련님, 일단은 건씨세가로 가셔서……."

"우리 가문은 아직 습격을 당하지 않았다잖습니까! 그
럼 당연히 다른 사가를 도와야지요!"

"도련님……!"

장일봉 역시도 난감한 얼굴이었다. 그는 뭔가를 말하고
싶어 했지만 차마 말하지 못했다.

진실을 말해야 하는 악역은 팽소뢰가 맡아 주었다.

"건 아우. 소식이 전해졌을 때는 이미 늦은 법이지. 싸
움의 결과는 나왔을 거야. 게다가 설령 싸움 현장에 간다
고 해도…… 네가 할 수 있는 일은 없어."

"할 수 있는 일이 없다니요……?"

눈썹이 파르르. 콧등이 씰룩.

건소길의 얼굴이 일그러졌다.

"그럴 수는……! 당장이라도 가서 구해야 합니다! 천벌
단은 낙양 땅을 지키기 위한 모임 아닙니까! 특히 해검진
가는! 그곳은 여기 몽화의 가문이기도……!"

"그만하세요!"

혼란스러운 건소길을 말린 것은 진몽화였다.

"몽화?"

"괜찮아요. 지금은 제 가문이 중요한 게 아니에요. 싸
움은 이미 끝났다구요. 이제 가서 어떻게 하시려구요? 오
라버니가 천벌사신이라는 걸 공개라도 할 셈이에요?"

"……?!"

"잘 생각하세요. 오라버니는 겉으로는 그저 노는 걸 좋
아하는 건씨세가의 한량이에요. 하지만 나서서 무공을 쓰
게 되면 그 순간부터는 천벌사신이 되는 거예요. 사람들의
시선을 받게 되고, 천벌사신의 업이 건씨세가로 다 넘어오
게 될 거라구요. 천벌단도 지금처럼 움직일 수 없게 되겠
죠. 오라버니는 그걸 원하나요?"

"……!!"

건소길은 분개했다.

"어떻게 네가 지금……! 몽화 너는 가문이 걱정도
안……!"

무심한 발언을 할 뻔했던 건소길이 황급히 입을 다물었
다.

다른 이유가 있어서가 아니다.

진몽화의 두 눈.

깊은 슬픔을 감춘 채 꿋꿋이 자신의 할 일을 다하기 위해 필사적으로 노력하는 여인의 눈이 건소길을 멈추게 만든 것이다.

"……미안해. 몽화. 내가 생각이 짧았어."

생각해 보면 당연한 일이었다.

가문의 일이다.

아버지와 가족들, 그리고 가신들. 평생을 함께한 사람들이 모여 있는 곳이 습격을 당해 위험에 빠졌는데 그 누군들 아무렇지 않겠는가.

혼란스럽다, 두렵다, 공포가 느껴진다.

그렇지만 참는 것이다.

모두를 위하여.

특히 건소길. 그를 위하여.

'미안해. 몽화. 내가 네 마음을 몰라 주었구나.'

건소길은 조금이나마 냉정을 되찾았다.

"하지만 몽화의 가문이 습격을 당하는데 가만히 있을 수는 없지. 이건 우리 가문의 일이기도 해. 천벌사신이라는 이름을 지키기 위해 참아야 하는 거라면, 나는 차라리 그 이름을 버리겠어."

"오라버니……!"

진몽화는 건소길의 깊은 마음을 느낀 듯 감동을 받은 얼굴이었으나, 이내 고개를 저었다.

"고마워요, 정말로. 하지만 안 돼요."

"어째서?"

"그건 상책이 아니에요. 어쩌면 저들은 천벌사신을 찾는 걸 수도 있어요. 그렇다면 천벌사신의 정체를 밝히는 건 미룰 수 있을 때까지 미뤄 두는 게 좋아요."

"하지만…… 진가는……."

"진가는, 괜찮아요."

"괜찮다니?"

"아버님은 다정하시고 이성적인 분이시기 때문에 가신들이 죽는 방법은 택하지 않으실 거예요. 아마 가문의 모두를 살릴 수 있는 방법을 택하실 분입니다."

"그…… 래?"

"네. 정말 괜찮아요."

어째서일까.

건소길은 괜찮다고 되뇌는 진몽화의 그 말이 자기 자신에게 하는 다짐 같다고 생각했다.

"그리고 우리가 하나 잊고 있는 게 있어요. 낙양 땅에는 무림의 태산북두에서 사람이 와 있습니다."

"소림!!"

사람들의 얼굴에서 조금이나마 안심하는 듯한 표정이 떠올랐다.

북숭소림.

그들이 주는 이름의 힘은 그 정도로 거대했다.

그러고 보니, 낙양 땅은 소림에게 있어서도 중요했던 것이다.

"그러니 지금은 건씨세가를 막을 생각부터 해야만 해요. 그걸 위해서라면 지금 저희는 지체할 시간이 단 일각도 없어요. 장 아저씨!"

"예, 아가씨."

"이 서신을 부탁드려요."

"서신은 어디로……?"

마치 미리 준비해 둔 것 마냥 진몽화는 품 안에서 서찰을 꺼내 장일봉에게 건네주었다. 그리고는 심각한 얼굴로 장일봉에게 조용히 몇 가지를 더 당부하였다.

"팽 공자님. 팽 공자님께서는 팽가에 서신을 보내 주셨으면 해요. 이렇게 일이 빨리 진행될 줄은 몰랐지만…… 아마 낙양을 습격한 천하이괴의 뒤에는 사혈성과 동생분의 일도 연관되어 있을 거예요."

"……!!"

팽소뢰의 얼굴이 서릿발처럼 차가워졌다.

"나에게 동생은 없소, 진 소저. 하지만 그 일이라면 팽가도 좌시할 수는 없겠군."

팽소뢰는 곧바로 밖으로 빠져나갔다.

"오 포두님. 포두님께서는 이분께……."

이번에도 조용히 말을 전하며 서신을 부탁하는 진몽화.

그렇게 한 명, 한 명, 진몽화의 부탁을 받아 밖으로 빠져나가고, 마침내 방 안에는 진몽화와 건소길. 그리고 방득만이 남았다.

"저희 셋은 이제 건씨세가로 가야 해요. 그곳에서 마지막 싸움을 준비해야겠죠."

"몽화, 혹시 이런 상황을 예상했어?"

"네. 하지만 이렇게 빠를 줄은 몰랐어요. 저쪽의 일처리가 제 생각보다 훨씬 빠른 것을 보니, 뛰어난 책사가 있는 게 분명하네요."

그 순간 건소길의 머릿속에서 곽장량이 떠오른 건 우연이 아닐 것이다.

"그래, 알았어. 하지만 그렇다고 손을 놓고 있을 수는 없어. 진가가 무사한지…… 조용히 확인만이라도 하고 가자."

"네. 하지만 저는 먼저 건씨세가로 돌아가 있을게요."

"……."

건소길과 진몽화의 시선이 허공에서 부딪혔다.

서로를 응시하는 두 사람.

건소길은 이내 고개를 끄덕이며 그녀를 배려해 주었다.

"알겠어. 그럼 그렇게 해. 형, 몽화를 좀 데려다 줄 수 있지?"

"어, 그, 그럴께유."

덩치가 그 누구보다 커다란 사내. 방득이 황급히 고개를 끄덕였다.

건소길은 다시 한 번 진몽화를 지긋이 응시한 뒤 묵묵히 몸을 돌렸다.

"오라버니! 명심하세요. 아직은 절대로! 무공을 드러내면 안 돼요!"

"알았어."

건소길은 손을 한 번 들어 올린 뒤 그대로 밖으로 빠져나갔다.

상황은 급하게 돌아가고 있었다.

"누가 죽었다고?"

자신의 집무실에서 조용히 서책을 읽고 있던 건청호가 믿을 수 없다는 듯 되물었다.

"해검진가. 가주 진종극 대협께서 돌아가셨습니다."

"말도 안 되는!"

읽고 있던 서책을 던져 본 게 얼마만일까.

건청호는 의자를 박차고 일어나 소리쳤다.

"그 친구는……! 그 친구가 그렇게 죽을 친구가 아니야!"

"……."

건무대의 대주이자, 낙양 건씨세가 무력의 상징인 주철은 언제나처럼 그저 묵묵히 침묵을 지켰다.

건청호는 털썩 자리에 주저앉아 신음을 흘렸다.

"결국, 결국…… 그렇게 된 건가. 어떻게? 그 친구의 마지막은 어땠나?"

권철은 진종극이 죽은 경위에 대해 말해 주었고 건청호는 다시 한 번 탄식하였다.

"가문의 사람들을 살리기 위해 희생을 한다……. 과연, 그 친구답군."

건청호가 자리에서 일어섰다.

항상 곁에 두는 애검 천향(天香)을 집어 든 그는 이미 결사의 각오를 한 눈빛이었다.

"그 친구가 자신을 희생하면서까지 시간을 벌어 준 것은 마지막 일전에 총력을 기울이라는 뜻이겠지. 결국은 나를 믿고 자신의 목숨을 버렸다고 봐야 하는 거다."

건청호는 가주로서 주철을 향해 말했다.

"건씨세가와 관련된 모든 무인들을 소집하라. 이제부터 우리는 낙양을 지키기 위한 결사의 항전에 들어간다."

"모두입니까?"

"물론이다."

"외람되지만 한 가지만 질문을 드리겠습니다. 도련님은 어찌…… 할까요?"

"……."

건청호는 잠시 침묵하다가 걸어가며 말했다.

"소길이는 부르지 않는다."

"······예."

주철은 주군의 말에 첨언을 하는 사내가 아니었다.

건청호는 성큼성큼 걸어 나갔고, 주철은 그 뒤를 묵묵히 따라갔다.

❖　　❖　　❖

"진 가주님이······ 자결을 하셨다고?"

건소길은 어두운 뒷골목을 질주하면서도 도무지 믿어지지가 않아 몇 번이고 같은 말을 중얼거렸다.

"그렇게나 강한 분이? 나아가야 할 때와 물러서야 할 때를 알고, 어떤 힘든 일이 닥쳐와도 버텨 낼 것 같은 분이셨는데······! 그런 분이 자결을······?"

어릴 때는 모르다가 나이가 든 뒤에야 알게 되는 일들이 있다.

건소길에게 있어서는 진가주가 그러했다.

어릴 때는 그저 잘생긴 아저씨 정도로만 생각했다.

십대 초반이 되었을 때는 쌍검을 차고 있는 게 멋지다는 정도의 생각만 했었고, 그 뒤엔 호리호리하고 뭔가 유약해 보인다는 인상만 받았었다.

한데 진천뢰정신공을 익히고 절정의 경지를 넘어 보니 전혀 달라졌다.

정말 강한 건 해검진가의 가주 진종극이었다.

아버지인 건청호도 예상 이상으로 강했지만 진종극은 그 건청호보다도 숨겨둔 힘이 더 강하다는 인상을 받았던 것이다.

상상도 못했던 일이다.

그렇게나 유약해 보이던 인물이 가장 강한 무인이었다 니.

"자네 그 이야기 들었지?"

"해검진가의 가주가 자결했다는 거? 당연히 들었지 이 사람아! 그걸 모르면 이 동네 사람이 아니야!"

"어쩌면 좋나. 어쩌면 좋아! 우리가 지금껏 평화롭게 먹고 살 수 있는 게 다 가주님 덕분이었는데! 이제 이괴가 이 동네를 장악하면 어쩌면 좋냔 말이야!"

"그런데 이괴가 강하긴 강한가 봐. 세상에, 진가주가 자결을 하면서까지 필사적으로 막아야 할 인물이었냐는 말이지."

"예끼! 그야 당연하지. 천하에서 열 손가락 안에 꼽히 는 고수라지 않나! 그런 자들을 하나의 목숨으로 막아 냈 으니 그야말로 진가주가 대단한 인물이라는 뜻일세!"

"하긴, 협도이가와 맹창벽가는 이괴의 제자들만 갔는데 도 몽땅 몰살했다지? 그에 비하면 진가는 가주만 빼고는 전부 멀쩡하니."

"쉿! 그 말은 함부로 하지 말라지 않나. 그 이야기를 들으면 진가의 무인들 심정이 어떻겠냐는 말이야."

"아아. 그랬지. 미안하네. 에휴, 이제 이 낙양 땅이 어찌 될는지. 정말 짐 싸고 떠나야 하나……!"

"진가와 연관된 사람들은 다들 벌써 짐을 싸고 있다더군. 솔직히 이괴와 그 제자들이 이 주변을 장악하면 어떤 해코지를 알지 어떻게 알겠는가."

"하긴 그렇구만. 에휴…… 말세야, 말세."

건소길은 혀를 차며 절망하던 민초들의 대화를 잊을 수가 없었다.

그랬다.

이 싸움은 무인들만의 싸움이 아니었다.

낙양사가와 연관된 사람들.

더 나아가선 낙양 전체 민초들의 운명이 걸려 있는 싸움이라고 해도 과언이 아닌 것이다.

"제길……! 역시 이러고 있을 때가 아니야."

샤샥—

"……!"

불평을 내뱉으며 뒷골목을 내달리던 건소길이 급히 멈춰 서며 숨을 가다듬었다.

머리 위로 찬물을 뒤집어쓴 듯한 기분이었다.

'너무 방심했어. 포위당하는 것도 몰랐었다니.'

긴장하며 자세를 낮추는 건소길.

천벌사신 때처럼 숨을 수 없는 건 이미 상대방이 자신의 얼굴을 보았기 때문이다.

이럴 때는 함부로 은신술을 사용할 수 없다.

무공을 쓰지 말라고 당부하던 진몽화의 외침이 머릿속에서 맴돌았다.

"거기. 숨어 있는 거 알고 있으니 나오시지?"

'건씨세가 대공자' 로서의 목소리로 물으니 상대방이 움찔하며 앞으로 나왔다.

"누구시오?"

"어째서 수상하게 뒷골목을 맴돌았던 것이지? 첩자인 거 아닌가?"

앞으로 나선 것은 두 사람.

얼굴이 닮은 것으로 보아 형제처럼 보였는데, 서슬 퍼런 살기가 번뜩이는 것이, 일류의 수준은 넘어 보였다. 모두 허리에 두 개의 쌍검을 차고 있으며 가슴엔 해(解)라는 글자가 적혀 있었다.

"해검대? 해검대 분들입니까?"

"그렇소만."

"저는 건씨세가의 건소길이라고 합니다."

"……!"

두 사람은 눈을 크게 뜨며 건소길을 잠시 살펴보더니 이내 고개를 끄덕이며 검에서 손을 뗐다.

"과연."

"실례했습니다, 건 공자. 상황이 상황이니만큼. 무례를 용서해 주시길 바랍니다."

"해검대 위충(衛忠)."

"위무(衛武)입니다."

건씨세가의 후계자로서 좋은 옷을 입고 온 것이 득이 된 듯했다. 게다가 건소길의 얼굴은 누가 봐도 명가의 후예라고 생각할 만큼 헌앙한 모습이다. 두 사람은 정중하게 허리를 굽히며 건소길을 향해 포권을 취했다.

"아닙니다. 그런데 어째서 이곳을 경계하고 계셨습니까?"

"해검진가의 가족들은…… 지금 이동을 준비하고 있습니다. 그리고 혹시 모를 습격을 대비해 저희가 순찰 중인 겁니다."

"습격이요? 이런 뒷골목에 말입니까?"

"저희 진가의 가족들 모두가 무공을 익힌 것은 아니라서 그렇습니다. 대공자님의 명령이지요."

건소길은 진몽화의 오라버니이자 이제 해검진가 사람들의 유일한 희망이 되었을 진몽효를 떠올렸다.

'머리가 좋아 보이는 형이었지. 주변 사람들을 아끼는 듯 보였고. 그래서 사람들이 다칠까 봐 사람을 남겨 놓은 건가…… 그러고 보니 몽화도 그렇고. 진가의 사람들은 다 머리가 좋은 건가.'

이제는 남의 집안처럼 느껴지지 않는 진가를 떠올리자

안색이 어두워졌다.

"몽효 형님께선 역시 그릇이 크시군요. 저도 소식을 듣자마자 급하게 온지라…… 믿어지지가 않는데…… 한 가지만 묻겠습니다. 가주님께서는……?"

"……."

차마 대답을 하지 못하고 입을 꾹 다물어 버리는 두 사람이다.

건소길은 그 모습을 보니 사람들이 하는 이야기가 사실이라는 것을 깨달았다.

"가주님께서 정말로……!"

건소길은 고개를 숙이며 안타까움을 감추지 못했다.

"가주님께선 저희를 지키기 위해…… 크흑."

"무인의 최후였습니다. 단수괴녀는 저희 가주님과 정면으로 맞붙었다면 한 팔을 버렸어야 할 거라는 이야기도 하더군요."

"맞습니다! 그랬습니다!"

위충, 위무 형제는 진종극의 위대함을 온 힘을 다해 설명하려 했다. 건소길은 그 말의 진위여부는 둘째치더라도 그들의 그런 태도에 마음이 찡해졌다.

수하들이 얼마나 존경을 하면 이렇게나 가주를 감싸주려 하겠는가.

그것만으로도 진종극의 삶은 큰 의미가 있는 것이 아닐까?

‘이것이 가주의 역량.’

협도이가와 맹창벽가 또한 낙양사가의 일원이지만, 만약 그들이 죽었다고 해도 수하들이 이처럼 안타까워할지는 의문이다.

‘우리 건씨세가도…… 말이지.’

건소길은 만감이 교차했다.

“그러고 보니 저희 진가의 무인들은 이제 건씨세가로 이동할 생각입니다.”

“대공자님께서, 최후의 싸움을 준비해야 한다고 말씀하셨지요.”

“……!!”

건소길은 눈이 번쩍 뜨였다.

“과연, 그렇군요. 그럼 저는 이만 돌아가 봐야겠습니다. 세가에서 뵙기로 하지요.”

“예, 알겠습니다, 공자님.”

건소길은 두 사람에게 인사를 하고 뒤돌아섰다.

필요한 정보는 모두 얻었다.

진가의 새로운 수장은 진몽효.

그들은 건씨세가로 향하고 있으며 천하이괴를 적으로 보며 최후의 싸움을 준비 중.

그리고…….

아까운 무인이, 세상을 떠났다.

❖   ❖   ❖

"가주님. 별래무양하셨습니까. 진몽효입니다."

"건씨세가 가주 건청호요. 진씨세가의 여러분을 환영하오."

해검진가의 무인들을 대동하고 찾아온 진몽효를 맞아 준 것은 가주 건청호 본인이었다. 본래부터 진가와 건가는 자주 서로를 왕래하며 얼굴을 익힌 사이건만, 건청호는 마치 처음 보는 사람인양 정중하게 포권까지 취하며 인사해 주었다.

"가주님, 말씀 편하게 해 주십시오. 저희는 숙부와 조카 같은 사이가 아닙니까?"

"물론 그렇소. 나는 몽효 군을 남으로 생각 안 하고 있지. 하나 진씨세가를 대표하게 된 사람이라면 설령 가족이라고 하더라도 함부로 대해서는 안 되는 일이오."

평소의 건청호다운, 정이 깊으면서도 경우가 확실한 목소리였다.

가주와 사적으로 친분이 있다고 한들, 그 가주를 만만히 대하는 행동은 그 수하들마저 만만히 대하는 행동으로 오해를 살 수 있는 일이다.

진몽효는 큰 깨달음을 얻었다는 듯 눈빛이 잠시 흔들렸으나, 이내 마음을 수습하고 정중하게 허리를 굽혔다.

"큰 가르침 감사합니다. '건 가주님'. 역시 건씨세가는 저희 해검진가의 우방이군요."

현 진씨세가를 이끄는 자로서의 한 마디였다.

"당연한 말씀."

"저희 진씨세가 출신의 무인 이백오십여 명. 지금 낙양 땅을 수호하기 위한 마지막 싸움에 동참하는 바입니다."

처척!

진몽효를 시작으로 이백오십여 명의 사내들이 일제히 포권을 취했다.

진몽효와 외당당주 임무택, 그리고 진씨세가 휘하의 해검대 일백 명. 합검대 일백오십 명이었다.

"반갑소, 환영하리다."

그들을 맞아 마주 포권을 취하는 건청호.

가주의 뒤에 서있던 건무대(建武隊) 일백명과 평무대(平武隊) 일백오십 명도 함께 포권을 취했다.

도합 오백이 넘는 인원이 서로를 보며 결의를 다진다. 낙양사가 중에 두 개의 가문이 힘을 합치는 역사적인 순간이었다.

"몽효 군."

건청호는 한 걸음 더 다가와 진몽효를 끌어안았다.

"힘든 일을 겪었음을 알고 있소. 하지만 낙양 땅은 그리 쉽게 무너지지 않는다는 것을 우리가 보여 주는 것이오. 함께합시다."

"……"

"그동안 고생이 많았소."

"……예. 감사합니다."

진몽효는 눈시울이 붉어져 있었다.

철혈이 되어 강인하게 살겠노라 맹세했건만. 사실 아직
은 이십대의 젊은 나이.

아무리 태연한 척을 해도 마음을 떠받치는 대들보나 다
름없던 아버지를 잃은 지 고작 하루밖에 안 된 것이다.

❖　　❖　　❖

"아버님께서……."

진몽화는 소식을 전해 들었을 때 매우 차분한 표정을 짓
고 있었지만, 건소길은 그녀가 지금 얼마나 괴로운지 단번
에 알 수 있었다.

그녀의 마음을 알고 싶으면 눈을 보면 된다. 두 눈이 새
봄의 햇살처럼 반짝인다면 그녀는 지금 즐거운 것이고. 두
눈이 밤바다처럼 깊고 어둡다면 그녀는 지금 큰 슬픔에 빠
져 있는 것이 분명하다.

"몽화……."

안타까운 목소리로 불러 보았지만, 진몽화는 약한 모습
을 보이고 싶지 않아 했다.

"사실 그럴 수도 있겠다…… 라고 생각은 했었어요. 소
문으로 들리는 파문장괴와 단수괴녀의 성격이라면…… 아

버님께서는 자신의 목숨을 담보로 삼아 모두를 살릴 모험을 하실 분이죠. 맹창벽가나 협도이가처럼 싸움을 고집하실 분이 아니에요. 아니길 바랐지만…….”

머리가 좋다는 것은 그런 것일까.

사람의 성격을 파악하고, 그 사람의 앞선 행동과 심리 상태까지 추리해 낸다.

다만 그것이 천형(天刑)이 되어 본인을 괴롭히게 되어 버렸지만 말이다.

“아니길…… 바랐는데…….”

“그만둬.”

“네……?”

“자책하는 거. 알았다고 해도 변하는 건 없어. 진 가주님의 선택이다. 그분은 숭고한 신념을 지닌 무인이셨고, 한 치의 부끄러움도 없는 선택을 하신 거야. 결코 기뻐할 수는 없지만…… 천하에 자랑해도 좋을 만큼 대단한 분이셔. 몽화, 가슴을 펴고 그분의 죽음을 받아들여. 그리고 그 대가를 적들이 치르게 만드는 거야.”

건소길은 진몽화를 마주 보며 진심을 다해 말해 주었다.

진몽화의 어깨에서 떨림이 멎는다.

건소길은 어느새 그녀의 어깨를 양손으로 붙들고 있었다.

“……고마워요.”

진몽화는 어깨 위에 있는 건소길의 손을 잠시 꼭 붙잡았다가 등을 돌렸다.

"오라버니 말이 맞아요. 아버님의 대한 애도는 마지막 싸움이 끝난 후에 해야겠죠."

다시 빙글 몸을 돌리는 진몽화.

그녀의 두 눈에선 다시금 재지의 빛이 번뜩이기 시작했다.

"오라버니, 지도를 구해 주세요. 이 근처의 지리가 모두 나와 있는 지도를요. 아! 그리고 건씨세가 무인들에 대한 정보를 상세히 알려 줄 수 있는 사람도 필요해요. 숫자나 특징 말고, 개개인의 특징을 말해 줄 수 있는 사람으로요. 먹이랑 종이도 많이 필요하고. 장 아저씨와 이야기도 다시 한 번……."

"알겠어. 뭐든지 준비해 줄게."

건소길은 웃었다.

이제야 진몽화가 원래의 모습으로 되돌아온 듯 보였던 것이다.

"저, 저기. 평무교관 자리를 맡고 있는 조성연이라고 합니다."

건씨세가 무인들 각자를 잘 알고 있는 사람은 누가 뭐래도 조성연이다. 타고난 인품과 붙임성으로 누구와도 친해지는 평무교관. 게다가 그가 가르치고 키운 평무사 중에는 뛰어나게 성장한 사람도 여럿이 있었던 것이다.

"이분이 그 '아가씨'이시죠? 도련님."

나이답지 않게 호기심으로 눈을 반짝반짝 빛내는 조성연이다.

건소길은 민망한 표정으로 손을 내저었다.

"아저씨, 진지한 이유로 모셨다구요. 그 얘기는 나중에 해요."

"흐흠, 이런 건 뜸들이면 안 되는 법인데."

"아저씨이."

"하핫, 알았습니다, 알았어. 젊은 건 좋군요. 역시, 젊은 건 좋아."

조성연은 싱글벙글하며 진몽화의 곁으로 다가갔다.

"안녕하세요? 교관님, 진몽화라고 해요."

진몽화가 웃으며 인사하자 조성연은 환하게 웃으며 뒤돌아봤다.

"도련님! 이 아가씨 아주 예쁩니다! 잘 고르셨어요!"

"으악!"

건소길이 어린아이 같은 비명을 지르는 걸 보며 진몽화는 즐거워했다.

"재밌는 분이시네요. 교관님."

"하하핫! 종종 그런 소리를 듣곤 하지요."

"오늘 교관님을 모신 건 건씨세가 무인들에 대한 이야

기를 듣고 싶어서예요."

"어떤 녀석들 위주로 이야기를 해 드리면 되겠습니까?
아가씨?"

"일단은 신법이 뛰어난 순서대로요."

진몽화는 미리 준비해 두었던 건씨세가 무인들의 인명
부를 펼치며 말했다.

"신법이라…… 몸이 재빠른 녀석 순서입니까? 아니면
지구력이 좋은 녀석 순입니까?"

"음, 둘 다 필요한데. 일단은 지구력부터 가르쳐 주세
요."

"예. 그렇다면 일단 건무사 장광이랑 종리명이 우리 세
가에서 가장 지구력이 좋습니다. 하루 종일 전력을 다해
뛰어다녀도 멀쩡한 녀석들이죠. 그리고 평무사들 중에서
는……."

조성연은 모든 질문에 한 치의 망설임도 없이 줄줄 대답
했다. 진몽화는 무사들의 능력 순서에 따라 이름을 쭉 써
내려갔고, 건씨세가 주변 지도에 붓으로 표식을 남겼다.

"다 됐어요."

"벌써?"

"네. 저쪽에 책사가 없다는 가정 하에. 이걸로 승률은
이 할로 늘어났어요."

"이 할……!"

건소길의 얼굴이 착잡해졌다.

진몽화라는 뛰어난 책사가 있음에도 불구하고 승률은 고작 이 할이란다.

인정하긴 싫지만 천하이괴와 건씨세가 진씨세가 연합군의 전력 차는 그 정도로 크다는 뜻이다.

"네가 있는데도 이 할이라면, 본래의 승률은 얼마였던 거야?"

"……이 푼 정도요. 그것도 막아 내는 것에 한해서."

이 푼이라면 백의 둘이다. 그걸 백의 이십으로 만들어 낸 것이니 진몽화의 능력을 엿볼 수 있는 대목이 아닌가.

"대단하구나."

"아직 멀었어요. 이 이 할의 승률을 조금이라도 더 올리려면 외부에 있는 모두의 도움이 필요해요."

"외부라면, 소림을 말하는 거지?"

"네. 그리고, 다른 분들의 도움도 필요해요."

다른 분.

천벌단원들 이야기다.

"앞으로 해가 뜰 때까지 다섯 시진이에요. 최선을 다해 봐요."

"그래. 도울 일이 있으면 언제든 말해 줘."

건소길은 따뜻한 차를 한 잔 가져다주었고, 진몽화는 그 차를 마시며 한참 동안이나 생각에 몰두했다.

결전의 아침은 생각보다 더욱 빠르게 다가왔다.

해가 뜨고 한 시진 쯤 지났을 때, 건씨세가의 대문 앞은 이미 결사의 항전을 각오한 무인들이 모여 긴장된 분위기를 자아내고 있었다.

굳게 닫힌 대문 뒤로 건청호와 진몽효를 포함한 수장들이 중간에 서 있었고, 그 앞과 양옆에는 건무대와 평무대. 해검대와 합검대가 균형 잡힌 포진으로 각자 자신의 자리를 지키고 있었다.

긴장된 순간, 대문이 열리고 두 사람이 들어왔다.

백발을 휘날리는 단수괴녀 봉일래와 머리를 산발한 채 허리를 구부정하게 굽힌 파문장괴 최만궁이다.

"호오. 이것들 봐라? 봉 매. 오늘은 싸울 모양이야. 저 것들 살기가 등등한데?"

"그렇네요. 그리고 어제 진가에서 본 아이들도 보이네요."

봉일래가 손가락으로 가리키는 방향엔 진몽효와 임무택이 있었다.

움찔하는 두 사람.

건청호는 그 둘을 지키듯 앞으로 나왔다.

"낙양건씨세가의 가주 건청호. 두 분 선배님들께 인사드리오."

건청호가 척, 하니 두 손을 모으는 모습은 기품이 있으면서도 강직했다. 그 모습을 본 봉일래가 또 한 번 감탄했다.

"호오?"

"엥? 왜 그래, 봉 매."

최만궁의 눈썹이 꿈틀거렸다.

"이 동네 가주는 얼굴로 뽑나? 왜 다들 저렇게 잘생긴 거야?"

"어이, 봉 매. 또 시작이야? 또?"

"아니. 신기하지 않아요? 어제도 그렇더니 어째 이 동네 가주들은 다들 잘생겼대?"

"커험험!"

뜬금없는 행동이지만 그래서 더욱 별호에 괴(怪)가 들어가는 것 아니겠는가.

"아, 애들 얘기 들어 보니까 벽가 가주는 장비 뺨치게 못생겼다던데!"

"몰라요. 난 진가랑 건가만 와 봤으니까. 다들 잘생겼네 뭐."

"크응, 남자 보는 눈을 좀 더 키워, 봉 매. 잘생긴 놈들이 단명하는 거 몰라?"

최만궁은 눈을 희번득거리며 건청호를 노려보았다. 그러자 건무대 일백명이 검 손잡이에 일제히 손을 올린다.

"이것들 보게. 이놈들아, 가주 좀 노려보는 게 그렇게 못마땅하냐? 엉?"

최만궁의 건들거리는 움직임은 당장이라도 달려들 것처럼 위협적이었다. 건청호가 황급히 나섰다.

"두 분 선배님들. 낙양의 무가들을 습격하는 이유를 말해 줄 수 있으십니까?"

"그런 건 알아서 뭐하게?"

"낙양사가는 백 년이 넘게 낙양 땅에 자리를 잡고 살아온 전통 있는 무가입니다. 아무리 강자존의 무림이라지만, 그런 곳을 무작정 습격하면 큰 문제로 번지는 것이 당연한 일. 무림맹이든 관이든 분명 이 일을 문제 삼아 두 분을 곤란하게 할 테지요."

"흐흐흣."

당연한 이야기였으나 최만궁은 웃음만 흘렸다.

"아아아—무것도 모르는구만. 어디에서도 낙양사가를 신경쓰지는 못해. 그러니까 우리가 여기에 터를 잡겠다고 생각하고 온 것 아니겠냐. 안 그래, 봉 매?"

"그렇죠."

봉일래의 말에 건청호의 눈빛이 흔들렸다. 두 사람의 말에는 많은 의미가 함축적으로 들어가 있었다.

"그런가. 그럼 더 이상의 대화는 의미가 없겠군요."

스릉—

건청호가 허리춤에서 자신의 애검 천향을 뽑아 들었다.

부드럽게 모습을 드러내는 은청색의 칼날. 보는 사람에게 칼의 기품을 느끼게 만드는 명검의 모습이다.

"불시에 낙양사가를 습격하고 낙양을 지배하려는 자. 우리의 적!! 건씨세가와 해검진가는 당신들에게 순순히 굴복하지 않겠소!"

채챙―!

건청호가 검을 뽑자 진몽효 또한 건양검과 건음검을 뽑아 들었다.

건청호와 진몽효가 검을 뽑아 들었다.

그러자 건무대와 평무대, 해검대와 합검대가 동시에 각자의 칼을 뽑아 들었다.

"흐흐흣. 재밌구만, 재밌어. 그래, 이래야 제 맛이지."

최만궁이 딱, 소리가 나게 손을 튕기자 대문 양옆의 높이 일 장 정도의 담벼락 위로 일제히 이백여 명의 사내들이 뛰어 올라왔다.

모두가 최만궁처럼 양쪽 소매가 없는 옷을 입고 손바닥이 보통 사람보다 훨씬 커 보이는 모습이다.

삐익―!

이번엔 봉일래였다. 그녀가 휘파람을 불자 대문 밖에서 대기하고 있던 홍화대 이백 명이 사뿐사뿐 걷는 듯한 신법으로 들어와 봉일래의 뒤로 늘어섰다.

"얘들아. 걱정 안 해도 되지?"

"네! 사부님!"

최만궁, 봉일래를 위시한 무인들이 무시무시한 기세를 내뿜기 시작했다.

일촉즉발의 상황.

한데 재미있는 일이 벌어졌다.

담장 위에서 뛰어내리려던 괴랑대 이백 명을 향해 바깥쪽에서 화살이 쏟아졌던 것이다.

파바바밧!

"뭣이?"

최만궁이 놀라서 뒤돌아보고, 담장 위에 있던 괴랑대 제자 몇 명은 화살이 꽂힌 어깨를 감싸 쥔 채 담장 밑으로 떨어졌다.

모든 신경이 가문 내의 일전에 쏠려 있었던 괴랑대다. 밖에서 화살이 날아오는 것은 그야말로 계산 밖의 상황이었다.

"이것들이?!"

숨을 씩씩거리며 흥분하는 최만궁.

그런 그의 두 눈에 건청호의 양옆에 늘어서 있던 합검대와 평무대가 직사각형의 철제방패를 꺼내 들고 몸을 가리는 모습이 포착되었다.

"호오. 군문의 방패까지? 준비 좀 했다 이거지?"

최만궁의 두 눈에서 분노가 이글거렸다.

"야 이 멍청한 놈들아! 이 최만궁의 제자들이 고작 화살 따위에 당해?"

"죄송합니다. 사부님!"

최만궁의 수석제자 장춘이 황급히 부상자의 숫자를 세

었다. 열 명 정도 되었다.

그때, 다시 한 번 담장 밖에서 화살이 날아왔다.

"으악!"

이번엔 다행히 대비를 한 터라 대부분이 화살을 막아 냈지만, 그래도 세 명이 화살을 맞는 부상을 입고 말았다.

"한 번에 날아오는 화살은 스무 개 전후입니다, 사부님."

장춘의 설명에 최만궁의 눈꼬리가 하늘로 솟구쳤다.

"처음과 지금, 화살을 쏘는 장소가 달라. 이것들이 별동대를 준비해 뒀었군."

"몇 명을 빼서 밖으로 보낼까요?"

"그럴 필요 없다."

최만궁이 오른팔을 허공에서 빙빙 휘저었다.

"잔수를 부리는 건 약한 놈들이나 하는 짓이지. 우리의 목표를 잊으면 안 돼. 우린 저놈만 잡으면 끝나는 거야."

최만궁의 손가락이 가리키는 곳엔 건청호가 있다.

비록 별호에 '괴' 자가 들어갈 만큼 어디로 튈지 모르는 성격이지만, 강호의 경험이 많은 만큼 싸울 때에는 냉철한 것이다.

"과연…… 그렇군요, 사부님."

장춘이 감탄한 듯 포권을 취하자 최만궁이 히죽 웃으며 빙글빙글 돌리던 팔을 앞으로 휙 내밀었다.

쫘앙!

"컥……!"

철제방패가 우그러지며 합검대 무사 한 명이 피를 토하며 무릎을 꿇었다.

최만궁과의 거리는 십 장이 넘게 떨어져 있었건만, 그 먼 거리를 격하고 한 사람에게 타격을 입힌 것이다.

"멀리서 하는 공격은 나도 할 수 있다 이거야! 어이 괴랑대 놈들아. 네놈들 날아오는 화살 따위에 다치면 그땐 내 손에 죽는 거다. 알겠냐?"

"옛!"

최만궁의 놀라운 무공에 괴랑대의 분위기가 바뀌었다.

담장 너머에서 다시 한 번 화살이 날아왔지만 이번엔 모두가 화살을 쳐 내거나 피해 냈다.

"가자아아아앗—!"

"우와아아!"

최만궁을 필두로 괴랑대가 뛰쳐나가고, 그 뒤를 이어 봉일래와 홍화대도 달려들었다.

철제방패를 들고 앞을 막아선 무사들의 두 눈에 결연한 빛이 떠올랐다.

"낙양 땅을 지키자!!"

"저런 무도한 자들에게 우리의 고향을 넘겨줄 수는 없다!"

"우와앗!"

따다다당!

괴랑대와 진, 건 연합부대가 맞붙자 큰 축제라도 벌어진 것마냥 철제방패를 두들기는 소리가 연달아서 터져 나왔다.

괴랑대의 이원권이 날아오면 합검대와 평무대는 철제방패로 공격을 막은 뒤 검을 날려 반격하는 것이 반복되었다.

괴랑대는 견신보를 사용하며 빈틈을 노려보았지만 철제방패가 한 사람의 몸통을 모두 가릴 만큼 크다 보니 맨손으론 약점을 노리기가 쉽지 않았다.

"몽효군."

"예, 건 가주님."

"그 아이는 정말로 놀랍군. 활을 쏘면 최만궁이 무시하고 달려든다는 것을 정확하게 예측하다니."

건청호는 둘만이 있는 자리라 다시 반말을 사용하고 있었다.

진몽효는 뿌듯한 듯 어깨를 으쓱했다.

"제 동생이지만 정말로 대단한 아이이지요. 그 아이가 승률을 삼 할까지 끌어 올리겠다고 하였으니 저는 전폭적으로 믿어 볼 생각입니다."

"방패를 공수해 온 것부터 대단했지. 군문의 무기를 끌어오다니…… 인맥도 있는 모양이야."

"아버님께선 상계와 관(官)계 쪽엔 항상 몽화를 데리고 다니셨지요. 그때 생긴 인맥일 것입니다."

"허허. 뛰어난 참모가 있으니 희망이 보이는군."

건청호는 어젯밤 진몽화가 찾아와 했던 이야기를 떠올려 보았다.

"이번 싸움에서 중요한 건 세 가지예요. 무구(武具), 인력(人力), 외력(外力)이죠. 첫째는 무구. 괴랑대와 홍화대의 약점은 모두가 맨손으로 싸운다는 거예요. 천하이괴의 무공을 배운 만큼 권법만으로도 무서운 실력이 있을 테지만, 그래도 군문의 무기가 함께한다면 다르죠. 무예가 조금 떨어지는 무사들부터 방패를 지급하면 싸움이 훨씬 수월해질 거예요. 두 번째는 인력. 각자의 능력이 다르니 어디에 배치했을 때 가장 큰 위력이 나는지도 달라요. 그에 관해 모두 고려한 작전을 짜 뒀으니 인원배치를 여기에 적은 방식대로 한다면 좀 더 싸움의 효율이 올라갈 거예요. 그리고 마지막 세 번째는…… 외부의 도움이에요. 낙양 땅에서 벌어지는 일들은 단순히 낙양사가만의 문제가 아니에요. 그러니 외부의 도움이 빨리 도착하면 할수록. 저희의 승률은 올라가는 법이죠."

그 어떤 책사도 쉽게 해낼 수 없는 일들을 자력으로 구할 이상 준비해 둔 진몽화의 두 눈은 재지와 매력으로 반짝반짝 빛나고 있었다.

건청호는 그때의 진몽화를 떠올리며 흐뭇하게 웃었다.

'소길이 녀석, 여자복은 있었구나. 좋은 아이가 인연이

되었어.'

그는 자신의 마음속으로 한 가지를 다짐하였다.

만약 일이 잘 안 풀린다면.

그렇다고 해도 소길이와 몽화만큼은 살리자.

그들 두 사람의 미래를 위해서라면 본인이 죽더라도 아깝지 않을 것 같았다.

"몽효 군, 어서 움직여야겠어. 그 아이의 말대로라면 일각 후엔 우리가 다시 밀리기 시작할 테니."

"예, 그렇습니다."

진몽효와 건청호는 앞으로 나섰다.

진몽효는 진가의 정예인 해검대와 합류.

건청호는 건씨세가의 무력인 건무대주 주철과 합류하여 싸움터로 향했다.

쾅!

"파문장괴 최만궁!!"

쩌렁쩌렁한 외침에 일시간 싸움이 멈추었다.

"나 낙양 건씨세가의 가주 건청호가 당신에게 비무를 청하겠소!"

"뭐라? 처음도 아니고, 이런 난전의 상황에서 비무를 청하다니. 네놈이 제정신이냐!"

"다른 싸움은 상관없소. 당신과 검을 겨루고 싶을 뿐이오."

우우웅—

건청호가 최만궁의 미간을 검끝으로 겨누자 검이 스스로 떨리며 웅—하고 검명을 토해 냈다.

"으음."

최만궁은 자신도 모르게 흠칫 놀라 몸을 멈춰 세웠다.

"허? 허어? 이게 뭐야. 낙양 땅 가주 놈들은 다 이런 건가? 이놈은 또 왜 이렇게 쎄?"

"강해요?"

"검명 울리는 것 좀 봐! 이미 신검일체라니까?"

"정말……! 낙양엔 인재가 많네요. 거 봐요. 잘생긴 사람이 무공도 세다니까?"

"뭐야? 이봐, 봉 매. 무공과 얼굴은 상관이 없어!"

최만궁은 숨을 씨근거리면서 앞으로 나섰다.

"그 모습을 보니 한 번 비무 해볼 만은 하겠구만. 좋아. 덤벼라, 잘생긴 놈아."

최만궁은 어깨를 건들거리며 손가락을 흔들었다. 건청호는 사양하지 않고 곧바로 기수식에 들어갔다.

'청류공!'

건씨세가의 가전무공인 청류공이 펼쳐지고, 그의 애검 천향이 강물처럼 도도한 흐름으로 최만궁을 압박했다.

장검을 쥐었으나 마치 단검을 쥔 듯 가볍게 움직이는 것이 청류단소검(淸流短小劍)의 묘다.

화산파의 매화검이 검끝으로 매화를 새기듯, 청류단소검은 상대의 몸에 글자를 쓸 수 있을 정도로 정교하게 움직이며 최만궁의 공격을 차단했다.

"계집애 같은 검술이구나!"

그에 맞서는 최만궁이 성질을 부리며 힘으로 치고 들어오면, 건청호는 청류무한보(清流無限步)로 비스듬히 공격을 흘려 내고, 검끝으로 최만궁의 몸에 상처를 새겨 놓았다.

치명적인 공격은 없지만, 한 번, 한 번, 공격을 쌓아 가며 격중시켜 최만궁을 초조하게 만들더니, 갑자기 몸놀림이 변하며 건청호의 발이 제자리에 우뚝 섰다.

우우우웅―!

"……?!"

청류장대검(清流長大劍)

장대하다는 것은 어떤 것인가.

하늘과 땅을 잇는 웅혼함이 있을 때, 그때야말로 온 천하를 아우르는 장대함이 느껴지지 않겠는가.

파바밧―

최만궁의 머리카락이 바람에 휘날리고, 망치에 얻어맞은 도자기가 쩍하고 갈라지듯 건청호가 왼발로 짚고 있는 땅바닥에 거미줄 같은 금이 갔다.

천근압력이 실린 건청호의 천향검이 최만궁을 정수리부터 가랑이까지 일직선으로 갈라 왔다.

"흐읍!"

최만궁이 처음으로 다급한 모습을 보였다.

양손을 이리저리 휘돌린 뒤 허공에서 십자로 교차시킨다. 왼손은 좌장, 오른손은 우권. 일대일 싸움에서 무적을 자랑하는 이원권이 건씨세가의 청류장대검을 막아 내는 데 힘에 부쳐 하고 있었다.

쩌어엉—!

큰 종이 울리는 듯한 충격파와 함께 최만궁의 입에서 핏물이 울컥 솟아 나왔다.

"이 음흉한 노옴……!"

내상을 입은 모습이다.

창백해진 안색에 두 눈에선 무시무시한 분노의 빛을 흩뿌리고 있었다.

"가벼운 무공만 있는 것처럼 촐싹데더니 막상 다가가니까 중공(重功)을 써? 젠장 이게 무슨 꼴이야! 건씨세가 따위에게 내상을 입다니!"

최만궁이 분을 참지 못하고 방방 떴다.

그에 반해 여전히 차분한 눈빛으로 최만궁을 응시하는 건청호는 감정의 기복이 보이지 않았다.

'생각보다 더욱 강하다. 내가 계속 버틸 수 있을까……?'

건청호의 고민은 당연한 일.

상대는 무림 전체에서 열 손가락 안에 당당히 꼽히는 초고수였다.

압도하는 듯 보인다? 그건 잠시의 방심을 틈탄 기책(奇

策)이었을 뿐, 진신무공으로는 최만궁이 한 수 위의 상대였다. 사실 무림에선 그리 명성을 떨치지 못한 건씨세가의 가주가 파문장괴를 정면에서 막아 내고 있는 것만으로도 사람들에게 오랫동안 회자될 놀라운 일이었다.

'소길아, 몽화야, 너희를 믿는다.'

건청호가 다시금 잡고 있던 천향검에 힘을 주고 기합성을 내지르며 달려들었다.

점차 전화에 휩싸여 가는 건씨세가.

그들은 모두 전쟁의 광기에 휩싸여 가고 있었다.

소림사의 십팔나한이들이 머물고 있는 오룡반점은 이제 주변에서 작은 절간처럼 취급받은 지 오래였다.

마당에선 항상 예불을 드리는 향냄새가 났고, 승려들이 불경을 외고 목탁을 치는 소리도 반 시진에 한 번씩은 꼬박꼬박 들려왔다.

객잔 장사에 방해가 되는 게 아닌가 싶지만, 오히려 그 반대다.

소림사의 승려들을 한 번 보고 싶어 하는 향화객들 때문에 오룡반점은 문전성시를 이루었고, 그 덕분에 오룡반점의 음료와 음식들이 더욱 잘 팔리게 되었던 것이다.

"어이쿠, 대사님. 밖에 나가십니까?"

오룡반점의 주인이 오랜만에 밖으로 나서는 각연 대사와 십팔나한들을 향해 허리를 굽혀 존경을 표했다.

"아미타불, 그렇습니다. 잠시 나갔다 와야 할 것 같군요."

"잘 다녀오십시오, 대사님. 저는 싱싱한 소채를 준비해 두겠습니다."

육식을 금하는 불제자들 덕분에 소채만 주구장창 만들어 온 오룡반점이다. 이제 그는 소채를 눈감고도 만들 수 있는 경지에 올라 있었다.

"허허, 부탁하겠습니다."

인자하게 웃은 각연 대사가 몸을 돌렸다.

묵묵히 그 뒤를 따르는 십팔나한들. 그들의 얼굴엔 왠일인지 서릿발이 내린 듯 차가운 기색이 흘렀다.

"범오야."

"예, 사숙."

"천하이괴로 손꼽히는 자들이다. 상대할 수 있겠느냐."

언제나 차분하기만 할 것 같던 각연 대사였으나, 천하이괴를 언급하는 그에게선 긴장감이 느껴졌다.

"상대해야지요."

"선택권이 없다?"

"비록 속세를 떠난 승려지만, 소림은 불의를 보고 물러서선 안 된다고 배웠습니다."

"불의라…… 어째서 불의인가?"

"예?"

"길가에서 민초들이 강도짓을 당한다거나 억울한 폭압을 당하고 있다면 네 말이 맞겠다. 하지만 이건 어찌 보면 무림문파들끼리의 세력 다툼에 불과하지 않느냐."

각연 대사의 말은 시리도록 냉정했지만 또한 사실이기도 했다.

"하나 이건 다릅니다, 사숙."

"어째서 그렇게 생각하느냐?"

"오랜 시간 낙양에 뿌리를 내리고 살아온 세가를 억지로 뽑아 버리고 새로운 세력을 차지하려는 것 자체가 사도(邪道)입니다. 더군다나 낙양세가는 평범한 민초들에게도 인망이 두터웠습니다."

"즉, 지금 세가의 통치에 문제가 없으니 그걸 엎으려는 것은 사도이다?"

"그렇…… 습니다."

"허헛, 대답에 망설임이 있구나."

"……."

"그것도 좋겠지. 그것도 좋아. 스스로 생각하고 고민하거라. 거기서 뭔가를 얻는다면 일부러 산문을 벗어나 낙양 땅에 머무른 값은 톡톡히 하는 것이다."

십팔나한의 수장. 범오는 잠시 동안 고민하다 대답했다.

"말을 하다 보니…… 저 스스로가 굉장히 보수적인 사람이 된 것 같았습니다."

"변화를 두려워하는 것 같았느냐?"

"예. 마치 지금의 무림이 완벽하다는 듯. 그걸 엎으려는 자들은 모두 반란분자라는…… 그런 구파일방이 된 것 같았습니다."

"사실 우리도 구파일방의 일원이 아니더냐?"

"……."

"허헛, 탓하는 게 아니다. 마음껏 말해 보거라."

각연 대사와 범오의 주변에서 나머지 십팔나한들이 두 사람의 대화를 귀 기울여 경청했다.

"구파일방은 협이고 정의입니다. 지금껏 그래 왔고, 앞으로도 그래야 합니다."

"구파일방에는 문제가 없느냐?"

"있습니다. 고인 물은 썩어 버리듯, 오랫동안 정상에 있다 보니 왜 다른 사람들이 구파일방을 경외하는지 그 이유를 모르게 된 채 권력만을 누리는 사람들이 많습니다."

"즉, 구파일방이 변질되었다?"

"예."

위험한 말을 하면서 눈을 빛내는 범오다. 각연은 기특한 듯 웃었다.

"그럼 어찌 변해야 되겠느냐?"

"대가를 바라지 않는 협과 정의를 숭상하고, 스스로 안락함에 빠지지 않기 위해 무한한 경쟁을 유도해야 합니다."

"경쟁이라…… 어떻게?"

"무림맹의 힘을 강화하고 서로의 무예를 각고단련할 수 있는 장을 좀 더 적극적으로 만들어야 합니다."

"그렇구나."

각연은 고개를 끄덕였다.

"범오야."

"예, 사숙."

"틀리지는 않았으나 빠진 것이 하나 있다."

"부디 가르침을 주십시오."

"구파일방. 그중에서도 소림은 무림의 균형을 맞추려고 전국 각지의 문파를 신경 쓰고 있지. 왜 그래야 한다고 생각하느냐?"

"예……?"

"그럴 필요까지 있을까? 어째서 수고스럽게 타지를 전전하고, 자신의 싸움도 아닌 일에 끼어들어 흙탕물을 뒤집어써야 하느냐? 그저 숭산 산문 안이든, 무림맹이든, 그 안에서 무예만 고고하게 연성하면 되는 것을."

"……?!"

"구파일방조차 굴레다. 잊지 말거라, 우린 불제자다."

불제자.

모든 것을 내버리고 속세를 등진 탈속인들.

석가의 가르침을 따르며 스스로 억겁을 짊어지더라도 중생들을 깨달음의 길로 이끌어야 하는 불제자.

"아……."

범오가 깨달음을 얻은 듯 한숨을 내쉬었다.

"무림맹에 대한 의견은 좋았다. 그것에 대해서도 좀 더 고민하거라. 하나 가장 먼저 생각할 것은 우리가 지금 이 낙양 땅에서 싸워야 하는 이유가 아니겠느냐."

"그렇습니다, 사숙."

"어째서 우리가 낙양사가와 힘을 합쳐 천하이괴와 싸워야 하느냐?"

"그건 저희가 불제자이기 때문입니다."

"천하이괴는?"

"무도하고 사람 죽이기를 예사로 아는 자들입니다. 악인입니다."

"사도(邪道)인가?"

"아니요. 악도(惡徒)입니다."

"그렇기에 싸운다?"

"예."

이번 대답에는 망설임이 없었다. 각연은 주변의 다른 십팔나한들의 얼굴도 살펴보았다. 모두가 깨달음을 얻은 듯, 맑은 눈빛을 하고 있었다.

"허헛, 다들 미망을 떨쳤으니 이젠 홀가분히 갈 수 있겠구나."

"아미타불."

각연 대사와 십팔나한들은 다시 한 번 결의를 다졌다.

이제는 낙양사가를 지키기 위해 가야 할 시간.

한데, 그들을 막는 자들이 있었다.

"소림승들은 거기에 멈추시오!"

남색 관모에 옥요대. 관인과 포졸들이었다.

각연 대사와 십팔나한들이 굳은 얼굴로 멈춰 서서 관인을 응시했다.

"아미타불. 무슨 일입니까?"

"하남 숭산, 소림에서 내려온 각연 대사와 십팔나한. 맞소?"

"그렇습니다만……."

"현재 낙양 관내에 소림승의 도움이 필요한 일이 벌어졌소. 지금 당장 관까지 동행해 주셔야겠소."

당연히 시키는 대로 할 거라는 확신이 담긴 고압적인 말투에 일방적인 통보.

하남 땅에서는 볼 수 없었던 관인의 태도를 보며 각연 대사와 십팔나한들은 새삼 이곳이 자신들의 땅이 아니라는 것을 느꼈다.

"아미타불. 무슨 일인지 알 수 있겠습니까?"

"말해 줄 수 없소. 관까지 동행한 뒤 알려 줄 것이오."

"어떤 일인지 알려 줄 수 없음에도, 지금 당장 가야만 하는 것입니까?"

"탈속한 승려라도 대명제국의 신민. 관의 율법을 따르는 게 당연한 일 아니오?"

되려 그렇지 않으면 이상하다는 듯한 말투였다.

하나 사실 틀린 말은 아니기에 각연 대사는 난감할 따름이었다.

"아미타불……."

각연 대사는 주변을 둘러보았다.

사람들의 시선이 모여들고 있다. 이런 곳에서 관과 대립했다가는 문제가 생겨 버린다.

"시간을 조금 미룰 수는 없겠습니까? 현재 저희의 도움이 간절히 필요한 곳이 있습니다. 하루의 말미를 주셨으면 합니다."

"관보다 중요한 곳이 있을 리가 없소. 불가하오."

"아미타불, 모든 일에는 알맞은 순서가 있는 법입니다."

"그 순서가 관이 먼저라는 말이오."

마치 벽창호마냥 말을 알아듣지 못하는 관인이었다. 한데 거기서 각연 대사는 이상함을 느꼈다.

'혹시 일부러 우리의 발목을 잡으려고 그러는 것인가?'

그렇게 생각하고 보니 관인의 태도는 명백히 이상했다. 어째서 하필 지금, 그들이 밖을 나서자 기다렸다는 듯이 말을 거는 것인가?

"오래 걸리지 않을 것이오. 하루만 머무르면 족하오."

"하루……?"

각연 대사의 눈이 번쩍 빛났다.

"그렇습니까? 하나 저희도 할 일이 있는 상황. 그러니 원래 가고자 했던 곳에 전서는 넣어야 할 것 같습니다. 그 정도는 괜찮겠지요?"

"그렇게 하시오."

혹시나 해서 말해 보았는데 전서는 또한 막지 않는다.

마치 시간을 끄는 게 전부라는 듯.

계속 물고 늘어지기만 하는 것이다.

"범오, 범지, 범개, 너희 셋은 원래의 목적지로 향해 양해의 말씀을 드리거라."

각연 대사는 재빨리 세 명의 승려를 추렸다.

"사숙……?"

"뭐라고 말씀 드려야 할지는 알겠지?"

십팔나한의 수장 범오는 각연 대사와 잠시 시선을 마주친 뒤 고개를 끄덕였다.

염화미소라고 했던가.

백 마디 말이 필요 없이 부처의 미소 한 번에 깨달음을 얻었던 것처럼 범오도 각연의 뜻을 단번에 짐작해 낸 것이다.

"예, 사숙. 잘 말씀드리겠습니다."

"천천히. 공을 들여 설득해 주거라. 직접 찾아가지 못해 죄송하다고. 이거 참, 본산에도 폐를 끼쳤구나."

각연 대사는 난감하게 웃으며 염주를 굴렸다.

달그락. 달그락. 달그락.

범오는 양손을 모아 합장을 취하며 명을 받드는 자세를 취했다.

"그럼 다녀오겠습니다, 사숙."

"그래, 조심히 다녀오거라."

각연 대사도 반장의 예로 배웅한다.

범오, 범지, 범개는 상체가 움직이지 않는 안정적인 움직임으로 순식간에 시야에서 멀어졌다. 관인은 그들이 떠나자마자 다시 재촉했다.

"출발하면 되겠소?"

"……아미타불. 그렇게 하지요."

각연 대사의 시선이 지금쯤 한창 싸움을 준비하고 있을 건씨세가 쪽으로 향했다.

'상대는 생각보다 더욱 저력이 깊구나. 관까지 이용해 우리의 발을 묶다니……. 미안하오, 건 가주. 내 그곳에 당도하기는 어려울 것 같습니다.'

각연 대사와 나머지 십팔나한들은 걱정스런 얼굴로 관인을 따라 걸음을 옮겼다.

"뭐라? 그게 무슨 말이오! 표국이 영업을 안 한다니! 지금 일부러 그러는 건가? 나를 손님으로 받기 싫어서?"

박력이 넘치는 목소리가 쩌렁쩌렁하게 울려 퍼졌다.

팽소뢰.

하북팽가의 차남이자 천벌단의 일원인 그다.

진몽화의 부탁을 받고 본가에 전서를 넣으러 왔거늘. 어이없게도 표국이 일을 할 수 없다는 통보를 받고 격분한 것이다.

"잠깐만요, 공자님. 그렇게 아닙니다요."

"아니면 뭐요!"

"이 표국이 어느 가문의 것인지는 알고 계시지요?"

"여긴⋯⋯."

팽소뢰는 자신이 들어온 가게의 현판을 떠올리며 미간을 찌푸렸다.

진가표국.

낙양 땅을 지나는 표물은 구 할 이상이 진가표국을 거친다고 해도 과언이 아니다. 그리고 이름처럼 당연히 이곳도 해검진가의 사업체였다.

"아시다시피 지금 해검진가가⋯⋯ 으음, 사라지고 말았습니다. 당연히 저희 표국에 지원을 나와 있던 진가의 무사들도 다 사라져 버린 상황이구요. 게다가 어제는 갑자기 어떤 괴한들이 표국의 말들을 싹 죽여 버렸습니다. 그러니 안전하게 표행을 할 수 있는 인물이 아무도 없는 것입니다."

말을 하면 할수록 침울해지는 표국의 표사를 보며 팽소뢰는 잠시 말을 잃었다.

가문이 망했다.

그러니 표행을 할 수 없다.

당연한 일 아닌가?

오히려 거기에다 대고 따지는 게 더 이상한 일이다.

"하나 지금 이것이 바로 그 가문을 위한 일! 당신, 파발
은 뛸 수 있겠지? 표행이 아니라 파발 말이오. 말이 죽었
다지만 파발마가 아니더라도 시장에서 한 마리쯤은 살 수
있을 것 아니오? 내 말이 틀렸소?"

"그야…… 그렇습니다만……."

"해검진가를 다시 살리기 위한 일이니 협력을 부탁하겠
소. 이건 시급한 일이오."

"으음."

진가표국의 표사는 팽소뢰를 믿어도 되는지 한참을 고
민하다가 승낙했다. 황급히 말을 타고 떠나는 그의 뒷모습
을 보며 팽소뢰는 착잡한 심정이 되고 말았다.

진가가 공격당하고 표국의 말들이 몰살당했다.

이 일련의 움직임이 우연이라고 생각한다면 그건 바보
다. 팔다리를 자르고 주변의 도움을 차단한다. 낙양을 노
리는 적들은 치밀하게 숨통을 조여 오고 있는 것이다.

"큰일이군. 낙양이 고립되었어."

팽소뢰의 시선이 멀리 건씨세가가 있는 방향을 향했다.
두 눈엔 걱정 어린 빛을 가득 띄운 채로.

제32장

남아(男兒)

건청호와 최만궁의 비무와는 별개로 건씨세가의 싸움은 점점 어려워지고 있었다. 처음엔 괜찮았다. 커다란 방패를 든 덕분에 괴랑대와 홍화대를 상대로도 밀리지 않고 싸울 수 있었으니.

하지만 시간이 지날수록 싸움은 점점 어려워지고 있었다.

맞서 싸우는 입장에서 상대방의 무공에 한 방이라도 얻어맞으면 치명적이라는 건 너무나 불리했다.

"으아악!"

홍화대의 소수마공에 스친 평무대 무인 한 명이 얼어붙어서 살점이 뚝, 하고 떨어져 나간 어깨를 붙잡고 바닥에 주저앉고 말았다.

방패를 든 한 명이 주저앉으니 한 명 만큼의 틈이 생긴다.

그 사이를 교묘하게 비집고 들어온 괴랑대 한 명이 주저앉은 무인의 목덜미에 오른쪽 주먹을 무자비하게 꽂아 넣었다.

빠각!

섬뜩한 소리와 함께 무인의 머리가 모로 꺾여 흔들거렸다.

즉사다.

목이 부러졌으니 살 수 있는 방법이 없었다.

"크하핫! 버러지들!"

한 명을 죽이고 파고든 괴랑대는 양중호(羊中虎)처럼 날뛰었다.

이원권에 견신보.

가볍디 가벼운 신법으로 움직이며 치명적인 사혈로 공격을 꽂아 넣으니 두렵지 않을 수 있겠는가.

홍화대도 그에 못지 않다.

여인의 가느다란 손목에서 어찌 그런 힘이 나오는 것인지.

소수마공의 푸르스름한 빛이 터져 나올 때마다 강철방패에는 서리가 끼고, 방패를 붙잡고 있던 사람의 손가락은 살이 곱아 터지며 피가 흘렀다.

건씨세가나 진가 쪽 무인들이 쓰러지는 경우가 점점 더

많아진다. 괴랑대와 홍화대가 승기를 잡기 시작한 것이다.

이럴 때야말로 분위기를 바꿀 수 있는 고수가 필요한 상황.

하지만 건씨세가의 실세인 건무대의 대주 주철과 건무대원들은 괴랑대의 수석제자 장춘에게 막혀서 옴싹달싹 못하고 있었다.

"자네 제법이군."

탄탄한 근육질의 팔뚝을 내놓은 장춘이 감탄한 듯 말했다.

"별거 없는 낙양에서 가주도 아닌 무인이 내 공격을 막을 줄은 몰랐어. 이름이 뭔가?"

"……."

"대답 안 하면 후회할 텐데? 죽어 버리면 그땐 이름을 말할 수 없다고?"

과묵한 주철의 미간이 꿈틀거렸다. 평생을 건씨세가에서 살아온 몸. 낙양 땅과 그의 가문이 무시당하고 나니 분기를 참기가 어려웠다.

"난 네 이름에 관심이 없다."

"호오?"

"간다!"

주철은 삼척 길이의 장검을 하늘을 향한 천단세에서 일직선으로 쭉 내려 그었다.

건씨세가의 무공인 청류공.

그중 가장 파괴력이 강한 청류장대검(淸流長大劍)이다.

주철의 검은 머리부터 가랑이 사이까지 상대를 양단하는 듯 보였으나, 검을 내려 긋고 나니 상대인 장춘은 잔상이 되어 흩어지며 한 발작 뒤에서 그를 지켜보고 있었다.

"느려! 하품이 나올 것 같은데!"

왼쪽 어깨를 아래로 내리는 것 같더니 어느새 오른쪽 어깨를 내리며 앞으로 쑥 다가온다.

건들거리는 듯한 걸음걸이. 견신보였다.

순속의 빠르기로 다가온 장춘이 주철의 목젖을 향해 좌장을 날려 왔다.

까앙!

이번엔 주철이 칼날을 세워 장춘의 장법을 막아 냈다.

막상막하의 상황.

하지만 내력에서는 조금 밀리는 듯 주철의 장검이 휘청거리며 여력을 다 해소하지 못했다.

"크핫! 제법이야! 좋아! 더 겨뤄 보자고!"

"……."

신나게 웃으며 덤벼 오는 장춘과는 달리 주철의 안색은 어두웠다.

건무대와 괴랑대가 정면으로 맞붙었는데, 괴랑대는 무공이 강할뿐만 아니라 가끔 땅을 발로 차서 흙을 뿌리면서 신랄하게 덤비고 있었다. 실전 경험이 많고 비열한 짓을 하는 것을 망설이지 않는다는 뜻이다.

반면에 실전 경험이 미천한 건무대는 정신없이 밀릴 수밖에 없었다.

'역시. 평화가 너무 길었어.'

아무리 강한 무공과 안정적인 기반을 가졌더라도 평화가 너무 길면 사람은 나태해지는 법.

주철은 이를 악물고 검을 휘두르며 생각했다.

이번 일만 무사히 버텨 낸다면 다음엔 꼭 건무대에게 치열한 실전훈련을 시키고 말겠다고.

"도대체 이유가 뭐냔 말입니다!"

오칠은 낙양관부에 들어온 뒤 처음으로 언성을 높여 소리치고 있었다. 도저히 이해할 수도 없고, 이해해서도 안 되는 일이 벌어지고 있었다.

"사람들이 대규모로 죽어 가는데 방관만 하라니요. 그것이 대명제국의 법과 규범을 수호하는 관청과 관군에서 나올 말입니까? 예? 게다가 대상은 낙양사가입니다. 오랜 세월 낙양 땅의 질서를 지켜 온 명가란 말입니다!"

"그만하게."

"그만하라고만 하지 말고 납득할 만한 설명을 해 달라는 말입니다!"

"그만하라니까!"

결국 이야기를 듣고 있던 명포두 강석도 버럭 소리를 지르고 말았다. 범인이 아무리 도망쳐 봤자 다시 잡아 온다고 해서 천리주불요라는 별명으로 불리는 사람이다. 그 역시도 작금의 상황이 매우 못마땅했기에, 오칠의 말에 참고만 있을 수 없는 게 분명했다.

　"그거 보십시오! 포두님도 속상해 하시면서 왜 손을 놓고 가만히 계신 것입니까! 근무 중에는 절대로 입에 안 대시던 술가지 드시면서!! 저는 이해할 수가 없습니다. 지금이라도 관군을 움직여서 마지막 남은 낙양사가인 건씨세가를 도와야 한단 말입니다!"

　"그게 안 되니까!"

　포두 강석은 쾅, 하고 술잔을 내려놓은 뒤 이를 갈며 말했다.

　"나는…… 의를 숭상하여 평생 범죄를 저지른 자들을 잡기 위해 시간을 보냈지. 그래서 포두가 된 것이고. 권력이나 인맥에도 전혀 관심이 없었다. 한데 그렇기에 나에게는…… 군을 움직일 군권이 없단 말이다."

　분개하던 오칠의 말문이 막혀 버렸다. 강 포두 역시도 손을 놓고 있었던 게 아니었다.

　"뭔가 시도를 하셨던 거군요."

　"……."

　"낙양 현감이 뭐라고 합니까?"

　강석 포두는 술잔에 따른 술을 단번에 들이켰다.

쪼르륵.

새로이 술이 따라지니 오칠의 마음도 딱 그만큼 더 무거워졌다.

"관가와 무림은 서로 불가침이다."

"그런 개소리를……!"

"하지만 그 이상 가는 명분도 없지."

오칠은 분기를 참지 못하고 이를 악물었다. 지금 이 순간도 건씨세가에선 아까운 생명이 하나둘 꺼져 가고 있을 것이다. 이런 위기 상황에 아무것도 할 수 없다는 무력감은…… 겪어 보지 못한 사람은 모른다. 자해를 하는 것보다도 더욱 고통스러웠다.

"건씨세가에 있다는 그 행운공자 때문이냐?"

"……."

오칠은 대답하지 않았으나, 그 속마음을 알아채지 못할 강석이 아니었다.

탕, 하고 빈 술병을 내려놓은 그는 단호한 목소리로 말했다.

"가자."

"어디를……?"

"지금 네 친구를 도울 수는 없다. 그럼 그다음의 후일이라도 기약할 수 있게 해 주어야지."

"후일이라니요……?"

"따라와라. 정주부로 간다."

오칠의 표정이 시시각각 변하다가 이내 결심한 듯 단호한 빛을 띄었다.

정주는 개봉과 쌍벽을 이루는 하남 제일의 도시.

그리고 황하 본류에 닿아 있어 수군이 유명한 곳이다.

"알겠습니다."

오칠은 건씨세가 방향을 잠시 바라보다 황급히 강석을 쫓아갔다.

당장에 할 수 있는 일을 하자.

그는 강석을 좀 더 믿어 보기로 했다.

"호호, 꼬마야 괜찮겠니?"

"쿨럭! 쿨럭!"

단수괴녀 봉일래는 자신이 마치 십대의 소녀인 양 교태를 부리며 웃어 댔다.

진몽효는 각혈을 하면서도 봉일래로부터 시선을 떼지 않았다.

진몽효가 아무리 전 무림의 후기지수들 중에 백걸(百傑)에 드는 수재라지만, 상대는 천하에서 열 손가락 안에 꼽히는 막강한 고수다.

상대가 될 리가 없을 터.

그나마 몇 합이라도 막아 내는 게 기적이었다.

"그 아버지에 그 아들이랄까. 너도 훤칠한데다 무공에 대한 재질도 있구나. 죽이기는 아까운데…… 살려 줄 테니까 도망가는 게 어떻겠니?"

"인정해 주니 고맙소."

진몽효는 입가에 흐르는 핏물을 소매로 슥— 닦아 낸 뒤 가슴을 쭉 펴고 허리를 곧게 세웠다.

"하나 이제 진가의 유일한 적통이 된 몸. 평생의 터전인 낙양 땅을 버리고 도망가서는 안 되는 일이오."

"이런……."

봉일래는 혀를 찼다.

"고지식한 것도 제 아버지랑 똑같구나. 그깟 집이야 나중에 다시 만들어도 되는 건데. 그게 뭐 대단한 거라고 목숨을 버려?"

"당신처럼 집도 절도 없는 괴걸은 이해할 수 없을 것이오. 고향. 가문. 터전이 얼마나 중요한 것인지."

"……."

역린을 건드린 것일까.

봉일래의 얼굴이 딱딱하게 굳어졌다.

"그래? 그럼 할 수 없구나. 너의 그 잘난 가문을 위해서 죽거라."

봉일래가 오른쪽 손을 바깥으로 떨치자 아무 것도 없던 허공에서 뻥, 하는 소리와 함께 강력한 힘이 터져 나왔다.

"격공장(擊空掌)……!"

진몽효는 황급히 쌍검을 휘둘렀지만 버티지 못하고 옆으로 튕겨져 나갔다.

"쿨럭, 쿨럭⋯⋯!"

진몽효의 입에서 피가 뿜어져 나왔다.

"해검대는 공자님을 보호하라!"

"우와아아앗―!"

쌍검을 뽑아 든 해검대가 순식간에 진몽효를 둘러싸고 봉일래와 대치했다.

봉일래의 눈이 가늘어졌다.

"희희!"

"네! 사부님."

본래 홍화궁의 궁주였던 여인. 배희희가 공손히 대답했다.

"저것들을 다 쓸어버려."

"진 공자는 어찌할까요?"

"할 수 없지. 죽겠다는데."

배희희는 혀를 끌끌 차면서도 차마 볼 수는 없다는 듯 등을 돌려 버리는 봉일래를 힐끗 쳐다본 뒤 앞으로 나섰다.

"지금부터 우리 홍화대를 막는 놈들은 모조리 죽을 거야. 앞으로 셋을 셀 테니 무기를 놓고 도망쳐. 하나. 둘⋯⋯."

스릉―

배희희의 말을 못 들은 사람은 아무도 없었지만, 또한 그 말을 듣고 칼을 놓는 사람도 아무도 없었다.

"셋. 이건 다 죽겠다는 의미로 봐도 되겠지?"

배희희가 싱긋 웃은 뒤 양손을 들어 올리자 소수마공의 한기가 푸르게 빛났다.

"홍화대의 무서움을 보여 줘라!"

파라라라락—

뒤쪽에 있던 홍화대 백여명이 치맛자락을 펄럭이며 일제히 날아올랐다. 양손에는 푸르스름하게 빛나는 소수마공, 마치 날듯이 가볍게 움직이는 몸놀림은 교룡번신이다.

해검대는 쌍검을 휘두르며 격렬하게 저항하였으나 맨손의 여인들을 당해 내지 못하고 점점 밀려나고 있었다.

몸을 가격당하면 입술이 퍼렇게 질리며 얼어붙고, 짙은 한기에 살점이 뜯겨져 나갔다.

"우아아악——!"

비명과 절망이 회오리친다.

적어도, 건씨세가의 평무교관 조성연이 등장할 때까지는 그랬다.

"이 나쁜 놈들아아아아—!"

뭔가를 가득 실은 수레를 가지고 돌격하는 조성연은 처음에는 당랑거철처럼 약해만 보였다.

"전원—! 투척!!"

"이야앗—!"

뒤따라온 평무대원들은 명령이 떨어지자 지체 없이 손에 들고 있던 가죽 주머니를 집어 던졌다.

가죽 주머니 중 절반은 홍화대 여인들에게 직접 날아갔고, 나머지 절반은 여인들의 머리로부터 일 장 높이로 날아갔다.

뭐가 어떻게 되어 가는지 모르는 급박한 상황. 조성연의 손이 힘차게 허공을 찔렀다.

"화시이이—!! 발사!"

우우우웅—하고 벌떼가 날갯짓하는 듯한 소리가 들려왔다. 불이 붙은 화살들이 날아온 것은 바로 그 직후.

그들의 활솜씨는 정확해서, 허공에 던져진 가죽 주머니들을 정확히 관통하고 있었다.

화르르륵—!

"까아악!"

아무리 강한 무공을 익힌 무인들이라도 여인은 여인이란 것일까. 가죽 주머니 안에 들어 있던 기름이 확 퍼지면서 불이 붙어 버리자, 여인들은 얼굴을 가리며 비명을 지르기에 급급했다.

메케한 연기가 피어오른다.

기름이 얼굴에 튄 여인도 있었고, 가죽 주머니를 쳐 내는 바람에 양손이 흠뻑 기름에 젖은 채 불이 붙은 여인도 있었다.

어느 쪽이든 참혹한 광경이다.

아무리 강한 무공이 있어도, 기름을 뒤집어쓴 채 불이 붙는 것을 막을 수 있는 무공은 없었다.

"이런!"

뒤쪽에서 홍화대를 지휘하던 배희희는 경악했다.

기름과 화공(火攻)이라니.

이게 군문(軍門)의 전쟁도 아닌데 설마 저런 방식을 쓸 줄 누가 알았겠는가.

"비열한! 수치도 모르는 것들!"

소리를 지르는 배희희를 향해 조성연이 외쳤다.

"비무도 아니고 무도(無道)하게 쳐들어온 것은 그쪽이 먼저야! 어디서 수치를 논해! 이건 이미 전쟁이라고!"

조성연이 껄껄 웃자 활을 쏜 사내들도 모두 껄껄 웃는다.

"여, 역시. 아가씨는 대단하셔. 건무대도 쩔쩔 매는 적을 상대로……!"

기름 항아리로 가득 채운 무거운 수레를 끌 수 있는 사람은 건씨세가에서 방득 한 사람뿐이다.

건소길이 진천뇌정신공의 기운을 나누어 준 이후로 방득은 천생신력이 하늘에 닿았다.

그는 무거운 수레를 마치 봇짐 메듯 가볍게 움직였고, 그때마다 홍화대로부터 비명이 터져 나왔다.

"그래 방득. 별동대를 만들자는 아가씨의 계획은 탁월하셔. 우리 건씨세가의 안주인이 되셔도 손색이 없다니까!"

"그, 그렇습니다!"

조성연과 방득을 포함한 별동대의 수는 오십. 처음에 담장 위에 있던 적들에게 활을 쏜 것도 그들이었다.

"방득! 이쪽에도 기름 보급이다!"

"이쪽도!"

"이쪽에도!"

"예, 예!"

방득이 타고난 신력을 이용해 황급히 기름 항아리를 옮겼고, 급조된 별동부대 오십여 명은 허리춤에 차고 있던 기름 주머니에 기름을 가득 채운 뒤 다시 한 번 홍화대를 향해 집어 던졌다.

"어딜!!"

파팡!

그때 뒤로 물러났던 봉일래가 다시 앞으로 나서서 허공에 격공장을 쏘아 기름 주머니들을 밀어내었다.

긴 백발이 사방으로 뻗쳐 있다.

두 눈에서 활활 타오르는 광망이, 그녀가 현재 얼마나 분노했는지를 잘 보여 주고 있었다.

"으악! 마녀한테는 더 이상 안 통한다! 도망쳐라!"

"도망쳐라—!"

왁자지껄하니 홍화대를 휘저어 놓고 곧바로 미련 없이 도망치는 별동부대다. 그 와중에도 그들은 불화살을 한 번 더 쏘아 내서, 홍화대에 깊은 피해를 남기고 있었다.

"이런 쳐 죽일 것들!!"

봉일래는 곧바로 별동대를 쫓아가서 요절을 내 버리고 싶었지만 진몽효와 해검대가 앞을 막고 있어서 곧바로 쫓아갈 수는 없었다.

"이, 지겨운 것들……!"

봉일래가 분개하여 무공을 끌어 올리는 그 순간, 옆에서 진몽효를 보조하고 있던 해검대의 눈이 번뜩였다.

"지금이야!"

"공격해라――!"

해검대원들은 봉일래를 제외한 모두에게 달려들어 일방적인 싸움을 전개하기 시작했다.

기름을 뒤집어써서 부상을 당한 숫자가 무려 칠십여 명.

그 정도면 현재 눈앞에 있는 홍화대의 절반이나 되는 숫자였다. 적시에 벌어진 화공(火攻)은 싸움의 대세를 완전히 바꿔 놓는 한 수였던 것이다.

"이젠 우리가 더 숫자가 많다! 겁먹지 마! 침착하게 덤벼들면 이길 수 있다!"

"방심은 하지 마라! 아직 절반의 무공은 건재하다! 세 명씩 조를 짜서 덤벼들어!"

"단수괴녀는 피해라! 나머지만 우선 쓰러뜨려!"

한 번 기세를 탄 덕분일까. 마치 톱니바퀴가 굴러가듯 해검대가 정교한 움직임을 보이기 시작했다.

화상을 입은 홍화대는 속수무책으로 당하며 도망치기 급급했고, 그나마 남아 있던 나머지 홍화대도 언제 기름이 날아올까 두려워서 힐끔거리느라 정신이 분산되어 제대로 싸우지 못하고 말았다.

"이야아앗—!"

"이길 수 있다—!"

기세를 탄 건 건, 진 연합부대뿐이다.

안색이 하얗게 질려 있었던 진몽효도 쌍검을 하늘 높이 치켜들며 외쳤다.

"낙양을 지켜 내자—!"

"낙양을 지켜라아앗—!"

용기백배하여 달려든 해검대는 금강야차 같은 기세로 홍화대를 밀어붙였다. 봉일래가 막강한 무공으로 두세 명씩을 일격에 날려 버리긴 했지만, 그래도 진몽효와 해검대의 정예 열 명이 나서서 굳세게 방어만 하니 어떻게든 버텨 낼 수 있게 되었다.

그렇게 반 시진이 지났다.

체력의 한계를 시험하며 하루 종일 이어질 것만 같던 지지부진한 공방전은…… 어느 한 순간 터져나온 함성에 의해 전환점을 맞았다.

"우워어어엇—!"

건청호와 최만궁의 비무가 벌어지던 방향이다.

굵고 거친 함성 소리에 홍화대를 상대하던 해검대의 얼

굴이 굳어졌다.

"저것은……?"

모두의 표정이 굳은 이유.

그건 함성리의 대부분이 괴랑대의 사람들로부터 터져 나왔기 때문이었다.

"이런……!"

건씨세가 내부에서 숨어 있던 건소길은 싸움을 내다보고 있다가 눈을 부릅떴다.

천천히.

시간이 멈춘 듯이.

건청호의 무릎이 굽혀지고 있었다.

"안 돼……! 나가 봐야 해."

당장 뛰쳐나가려는 건소길을 따뜻하고 매끄러운 손이 붙잡았다.

"안 돼요!"

"몽화……! 하지만……!"

"지금 나가면 모든 것이 물거품이 되요. 아시잖아요?"

"하지만……! 하지만, 아버지가 죽게 생겼다고!"

"기다려야 해요. 아버님을 믿으세요. 계획을 모두 듣고, 그러고도 그러겠노라 결정을 내리신 게 바로 아버님이세요. 그럼 좀 더 아버님을 믿고 기다려야 한다구요!"

"계획은 얼마든지 어그러질 수 있어!"

"지금까진 틀리지 않았어요! 반 각! 반 각만 더 있으면 되요! 그럼 모든 것의 변환점이 나타나요."

진몽화의 시선이 창밖, 먼 곳을 향해 있었다. 무심한 듯, 집요한. 평범한 사람들과는 궤를 달리하는 분위기가 그녀에게 존재했다.

그녀는 어딜 바라보는 것일까?

대체 그녀의 눈은 어디까지 바라보며, 얼마나 많은 것을 한 번에 생각하는 것일까.

"큭……."

건소길은 잠시 그런 그녀를 멍하니 바라보다 이를 악물었다.

"참다가. 만약 때를 놓쳐서 아버님을 잃게 된다면? 계획은 성공적으로 진행되었지만 아버님을 잃는다면? 분명 몽화의 뛰어난 머리라면 분명 그 안에 그런 가능성도 들어있겠지?"

"……."

몽화는 대답하지 않았다.

시선을 피하고 아랫입술을 꽉 깨무는 것만으로도 대답은 충분했다.

"난 몽화만큼 머리가 좋지는 않지만, 그래도 진몽화라는 사람이 어떤 성격인지를 알아. 큰 틀 안에서 나로서는 생각할 수조차 없는 방식으로 계획을 세워 두었겠지. 제일의 계획이 안 되면 제 이의 계획으로, 그걸로도 안 되면, 제 삼, 제 사의 계획까지. 그리고 대부분은 나를 살리기 위한 방향으로 계획이 만들어져 있을 거야."

"오라버니……!"

"하지만 그러면 안 돼. 그렇게 나를 보호하기 위한 계획에는 따를 수가 없어."

자신이 진정으로 해야 할 일을 깨달은 사내의 눈에선 신념이 느껴지는 법이다.

"위험해요. 지금 나서서는 안 되요. 천하이괴라 불리는 사람들이 괜히 십대고수로 손꼽히는 게 아니에요. 저들은 조력자가 나타날 것을 대비해서 칠 할의 힘만으로 싸우고 있는 거라구요!"

"아버지를 상대하면서도 삼 할이나 여유가 있다는 건가…… 역시 대단하네."

"오라버니……!"

진몽화는 떨리는 눈빛으로 한참이나 머뭇거렸지만 결국은 건소길을 말리지 못하고 한 발자국 물러섰다.

"조심…… 해야 해요."

"걱정 마. 나도 살기 위해 최선을 다할 거야."

싱긋 웃는 건소길이다.

목숨을 건 싸움을 앞에 두고 웃을 수 있는 여유.

그는 이제 소년에서 진정한 사내로 변하고 있었다.

❖　　　❖　　　❖

　낙양 건씨세가의 가주. 건청호는 검은색과 흰색으로 점
멸하는 세상 속에 들어와 있었다.

　번쩍. 번쩍.

　한번은 새카맣게. 한 번은 너무 새하얗다.

　그의 상의는 입에서 토해 낸 핏물로 시뻘겋게 물들었고,
한 번 무릎을 꿇어 버린 다리는 다시는 일어설 수 없을 것
처럼 도저히 힘이 들어가지 않았다.

　온몸이 만신창이였으나, 그중에 가장 심각한 곳은 왼쪽
팔이다.

　최만궁의 이원권을 정면으로 맞받아치는 바람에 살갗이
터져 나가고 껍질이 벗겨져서 목불인견이 참상이 되어 있
었던 것이다.

　"쿨럭……!"

　기침을 하니 선홍빛 핏물이 다시 한 번 튀어나왔다.

　"크핫! 드디어 잡았군! 요리조리 잘도 막아 내더니 말
이야."

　"과…… 연…… 강하…… 쿨럭! 쿨럭!"

　"건청호랬나? 자부심을 가져도 좋아. 최근 몇 년간 만
났던 놈들 중에는 네가 가장 강했어. 나랑 삼백 합이나 겨
룰 수 있는 놈이 흔한 줄 알아?"

최만궁은 뒷짐을 진 채로 껄껄 웃었다.

"어디 보자. 건씨세가 놈들도 절반 정도는 죽었구만? 기름을 뿌리던 놈들도 당했고, 슬슬 승부를 낼 때가 된 모양이야."

"쿨럭! 쿨럭!"

"허헛, 이봐. 일어나지 마. 너는 최선을 다했다니까? 내가 무공을 익힌 세월이 얼만데, 실력의 차이가 나는 건 어쩔 수 없는 거야. 그걸 알아야지?"

"크윽, 나는 실력 차이가 나는 걸 모르는 게 아니오……!"

"그럼?"

"내가 어디까지 할 수 있는지……. 그걸 보여 주는 것에 의미가 있소."

건청호는 후들후들 떨리는 다리를 움직여 결국은 일어서고, 다시 칼을 겨누는 데까지 성공했다.

최만궁이 질린 듯한 얼굴이 되었다.

"허? 내 장법을 정통으로 맞아 놓고도 일어서? 오장육부가 곤죽이 되었을 텐데……! 넌 대체 어떻게 된 놈이냐?"

"……."

건청호는 대답하지 않고 묵묵히 검을 겨누고 있을 뿐이다. 최만궁이 기가 차다는 듯이 웃었다.

"대단한 놈이구만. 허, 참. 낙양 따위는 무림에 있을 때

거들떠보지도 않았었는데 말이지. 근데 여긴 이런 놈들만 있는 건가? 자기 목숨 아까워하지 않는 놈들만 가득해?"

최만궁은 어깨를 으쓱하더니 해가 뉘엿뉘엿 지고 있는 하늘을 한 번 올려다보았다.

"흐음, 이 시간까지 소식이 없는 걸 보니……. 성공했나 보구만. 믿을 만은 하다 이건가? 잘됐어, 잘됐어. 이제 힘을 아껴 둘 필요는 없겠어."

양팔을 이리저리 휘젓는 최만궁이다.

그의 두 눈이 건청호를 잠시 응시하더니 이내 옆으로 돌아갔다.

"그럼 이제 승부를 내볼까?"

"크윽……!"

"허헛, 건씨세가 가주. 이 시간까지 구원군이 나타나지 않았으니…… 너희가 진 거야."

최만궁은 날듯한 신법으로 훌쩍 눈앞에서 사라져 버렸다.

건청호는 곧바로 쫓으려다가, 격심한 고통에 다시 무릎을 꿇고 말았다.

"커헉……!"

튀어나오는 각혈(咯血). 그의 몸은 이미 죽음을 향해 달려가고 있었다.

"안…… 돼……!"

가주로서 청류공의 오의(奧義)를 깨달은 건청호조차 막

지 못한 최만궁이다.

건씨세가와 진가에 누가 있어서 최만궁을 막을 수 있겠는가.

꽈앙!!

"크헉."

"끄아아악……!"

강철방패를 든 무인들이 최만궁의 일장에 피를 뿜으며 날아갔고, 용감무쌍하게 쌍검을 휘두르며 달려든 해검대의 무인들 역시도 피투성이가 되어 바닥에 처박혔다.

건씨세가의 기둥이라고 할 수 있는 평무교관 조성연이 빈사 상태가 되어 바닥에 쓰러지는 모습이 보였다.

건무대주 주철은 만신창이가 된 채 진몽효와 합심하여 봉일래를 겨우 막아 내고 있었지만, 그 또한 오래가지는 못할 듯 보였다. 최만궁처럼, 봉일래도 숨겨진 저력이 더 남아 있었기 때문이다.

"하늘이…… 낙양을 버리는가?"

건청호는 탄식했다.

계획대로라면 지금쯤 소림에서 원군이 왔어야 한다. 십팔나한이 나타났다면 승산이 보였을 것을. 그들이 나타나지 않으니 이 싸움은 이길 확률이 극도로 낮아졌다고 해도 과언이 아니었다.

'그렇다면 방법은 하나!'

건청호는 자신의 애검 천향을 한층 더 꽉 움켜쥐며 이를 악물었다.

'선천(先天)진기를 쓴다.'

선천진기란, 사람이 태어나면서부터 하늘로부터 부여받는 생명의 기운을 뜻한다.

이는 사람마다 크기는 다르지만, 무공을 익히면 이 선천진기가 더욱 정심해지고, 무공을 익히지 않는다면 이 선천진기를 매년 조금씩 소모하며 살아가는 것이다.

"내 목숨을 바쳐서라도……!"

선천진기를 사용하면 그 끝에 죽게 되지만, 그래도 잠시나마 강한 힘을 낼 수 있을 터.

그런데 몸을 일으키려던 건청호의 앞에 한 사람이 나타났다.

하늘에서 뚝 떨어진 듯 신묘한 신법.

살짝 마른 듯하면서도 건장하고 다부진 뒷모습이 자신의 젊은 시절을 떠올리게 하는 사람이다.

"넌……!"

건청호는 탄식했다.

최만궁을 향해 달려가는 사내.

그는 이 자리에 있어선 안 되는 사람이었던 것이다.

"안 돼. 소길아!"

건소길은 달리고 있었다.

아버지 건청호가 어떤 사람이던가?

태어나서 지금까지, 건청호라는 사내가 흐트러진 모습은 단 한 번도 보지 못했다.

무공은 언제나 최선을 다해 수련했고, 시서(詩書), 화악(畵樂)에 두루 능했으며 예와 법도에도 밝아 이치에 어긋나는 일은 단 한 번도 하지 않은 분이다.

언제나 주변 사람들의 존경을 받았고, 수하들의 전폭적인 신임을 받았다.

약점이 있다면 단 하나.

낙양사가의 후계자들 중에 가장 못나고 게으른 놈을 아들로 두었다는 점뿐이었다.

'아버지……!'

대의를 위한다는 명목 하에 단 한 번도 아버지에게 만족을 드리지 못했다.

건소길이 사실 천벌사신이었다는 것이 알려졌을 때도, 걱정은 많으셨지만 또 한편으론 기뻐하셨던 분이다. 아들이 무능하고 못난 놈이 아니라고 증명되었기 때문이었다.

'이제부터인데……! 이제부터 아버지께 잘해 드리려고 하는데……!'

천벌사신이라는 것이 알려지지 않았던가.

이제는 숨길 것도 없으니 현명한 아버지께 많은 것을 상의하고, 많은 것을 배우고 싶었다.

그런데 그 다짐을 하자마자 아버지.

아니, 고향인 낙양 땅과 건씨세가가 멸망할 위기에 처해 버렸다.

"하늘이여……! 너무하지 않습니까……!"

하늘이 그에게 준 운명은 가혹했다.

평소에 돈주머니를 줍는 거?

뭔가를 할 때마다 행운이 오는 것?

다 필요 없다.

그렇게 잘해 주는 척 해 놓고, 정작 가장 갖고 싶은 것은 빼앗아 가는 것이 하늘이다.

건소길에게 있어선 어머니가 그랬고, 이번엔 아버지와 가문이 위험했다.

"그깟 운명. 내가 뒤집어 버리겠어!"

장일봉에게 배운 비룡풍운보(飛龍風雲步)가 극성으로 펼쳐졌다.

주변 사람들이 본다면 그저 한 줄기 바람으로 밖에 안 느껴지는 속도였다. 건소길은 이미 치열한 전장으로 바뀌어 버린 건씨세가의 앞마당으로 파고들었다.

'아버지……!'

파문장과 최만궁은 무릎을 꿇은 건청호로부터 멀어져 건씨세가의 다른 무인들에게로 향하고 있었다.

건청호가 쿨럭이며 피를 토해 내는 모습이 보였으나,

일단은 목숨에 지장은 없는 듯 보였다.

'다행이야. 아버지는 살아 계셔.'

건소길의 시선이 이번엔 전장의 다른 곳으로 향했다. 건씨세가의 기둥들이 무너지고 있었다.

평무교관 조성연.

건무대주 주철.

그뿐만이 아니다. 건무대와 평무대. 건씨세가를 지키기 위해 검을 들고 일어선 무인들 모두가 건씨세가의 기둥들이다.

"그렇게 둘 수는 없다!"

건소길의 양손에서 섬광이 번뜩였다.

"크억……!"

평무교관 조성연은 단말마의 비명을 내지르며 바닥을 나뒹굴었다. 입안에 들어온 흙을 퉤! 하고 내뱉으며 올려다보니 회백색의 지저분한 머리를 산발한 늙은이가 호랑이 같은 안광을 빛내며 그를 내려다보고 있었다.

"교관님!!"

주변에서 괴랑대와 싸우고 있던 평무대의 무인들이 다급하게 달려와 조성연의 앞을 가로막았다.

"안 돼……! 쿨럭! 쿨럭! 막지 마……!"

"파문장괴! 더 이상 들어갈 수 없⋯⋯!"

퍽!

조성연의 앞을 가로막았던 무인은 마지막 음절을 말하지도 못한 채 머리가 터져 나갔다.

피와 뇌수가 사방으로 비산한다.

조성연의 두 눈에 절망과 분노가 떠올랐다.

"종리명!!"

평무사 출신으로 건무대에 들어갔으며, 조성연의 추천으로 별동대에 들어온 친구였다.

"어딜 감히, 함부로 어르신의 별호를 불러?"

최만궁은 머리가 날아가 버린 종리명의 시신을 발로 걷어찬 뒤 성큼성큼 다가왔다.

"너, 그리고 저─기에 우리 제자랑 붙고 있는 건씨세가 놈. 그리고 저어─기에 있는 진가놈 아들. 저 셋만 잡으면 이 싸움은 끝나는 거지?"

씩 웃는 최만궁의 눈빛은 소름끼치도록 예리했다.

조성연, 주철, 진몽효.

모두 이번 싸움의 핵심인 인물들이다.

그 셋만 없으면 싸움은 어렵게 돌아간다.

천하이괴와 그들의 수석제자들을 막을 인물들이 없어지는 것이다.

"쿨럭, 쿨럭. 당신은 뭔가 잘못 알고 있소."

"뭘?"

"설령 우리 셋을 쓰러뜨린다 해도 싸움은 절대로 끝나지 않을 것이오."

"호오? 왜지?"

"우리 모두를 죽이지 않는 한, 건씨세가는 사라지지 않을 것이기 때문이오."

"하?"

최만궁이 비웃음을 흘렸다.

"그러면 나야 좋지. 후환을 남기지 않고 다 죽여 버릴 수 있으니."

"큭……!"

"말이 많았군. 이만 꺼져라."

우우웅—

바람이 모여든다.

이원권.

파문장과 최만궁의 독문무공이자 지금껏 무림강호에서 수많은 고수들을 척살한 절공이 그 모습을 드러내고 있는 것이다.

왼손엔 장법, 오른손엔 권법.

그 압도적인 위력을 눈앞에 둔 조성연은 어째선지 환하게 웃고 있는 건소길의 모습이 떠올랐다.

'도련님…… 제가 도련님께서 가주가 되는 모습은 못 볼 것 같습니다.'

주변에선 게으르니 뭐니 말이 많아도 그가 보기엔 성군

이 되고도 남을 만큼 훌륭한 공자님이었다.

평생을 살아온 세가. 그 세가의 주인님으로 성장하는 모습이 꼭 보고 싶었건만.

후와악─!

"큭……?"

그렇게 조성연이 죽음을 받아들인 순간. 강한 바람이 휘몰아쳤다.

"어어?"

경악은 잠시. 이내 조성연은 감탄과 희열이 온몸을 관통해 입을 다물지 못했다.

"아아……! 아아……!"

뇌전이 번뜩였다. 공기를 진동시키는 강렬한 위력이 천하의 파문장괴를 막아선다.

쾅! 쾅!

거대한 충격파와 함께 무공과 무공이 격돌하고, 뿌옇게 피어오르는 먼지 사이로 익숙한 뒷모습이 보였다.

조성연은 감격에 가득 찬 목소리로 외쳤다.

"도련님!!"

번뜩이는 뇌전.

순속의 신법.

하늘에서 뚝 떨어진 듯 갑작스레 나타난 젊은 고수는 두려움이란 단어를 모르는 듯 최만궁의 이원권을 정면으로 맞받아쳐 버렸다.

콰과광!

강렬한 폭음과 함께 흙덩어리들이 비산했다. 주변의 모든 사람들의 시선을 한눈에 사로잡아 버리는 순간이다.

흙먼지 속의 격렬한 싸움에서 먼저 뒤쪽으로 튕겨 난 것은 최만궁이었다.

"이, 이 무공은?!"

최만궁은 머리카락 끝에서 연기가 풀풀 나는 몰골로 당황을 감추지 못했다.

"네놈! 네놈은 누구냐!"

후웅—

최만궁이 왼손을 허공에 휘젓자 뿌옇게 올라왔던 흙먼지가 순식간에 흩어졌다.

그러자 드러나는 전경.

단단한 바닥이 사람의 무릎 높이만큼 패여 있었고, 그 주변으론 마치 거미줄처럼 금이 가있었다.

그 중심에 그가 있다.

푸른색 비단 무복, 긴 머리를 하나로 질끈 묶은 준수한 외모의 청년.

소매가 꽤나 넓은 장포를 입고 있었는데 본래는 푸른색이었을 장포의 소맷자락이 새카맣게 그을려 있었다.

"도련님!!"

바닥에 주저앉아 있던 조성연이 기쁨과 탄성이 가득한 목소리로 외쳤다.

"도련님?"

"도련님이라고……!"

일시적으로 싸움이 멈췄다.

건씨세가의 무인들이 황급히 뒤로 물러나며 시선을 돌렸다. 조성연이 도련님이라 부르는 사람은 오직 한 명뿐.

그리고 그 사람은 그들의 상식으론 이곳에 있어선 안 되는 사람이었던 것이다.

"넌 대체 뭐야!!"

삿대질을 하며 버럭 소리치는 최만궁의 두 눈엔 의혹이 가득했다.

"내가 누구냐고 물었소?"

파직. 파직.

오른손과 왼손.

뇌전이 번뜩이는 양손을 모아 포권을 취한다.

"내 이름은 건소길. 건씨세가의 후계자요."

사방에 신비로운 뇌전을 번뜩이며 스스로 건씨세가의 후계자임을 당당히 밝히는 건소길.

허리를 곧게 세우고 최만궁을 정면으로 응시하는 그에게선 일세의 영웅 같은 풍모가 절로 우러나왔다.

"건소길……?"

최만궁은 들어 본 적도 없다는 듯 눈살을 찌푸렸다.

"보아하니 아직 머리에 피도 안 마른 것 같은 애송이인데. 내 일격을 막아? 게다가."

최만궁의 시선이 건소길의 양손에 흐르는 뇌전으로 향했다.

"뇌전이 번뜩이는 신묘한 진기. 내가 미친 게 아니라면, 그 내공은 의제의 진천뇌정신공이야!"

"……!!"

괴랑대와 홍화대는 물론이고, 건씨세가와 해검진가의 무인들도 경악했다.

"진천뇌정신공이라면 그……?"

"거, 왜. 있잖아! 그 삼괴 중의 한 사람."

"괴뢰마군 석숭!"

석숭의 진천뇌정신공이라면 당대 최강의 내공 중 하나라던 그 전설의 무공이었다.

분명히 석숭이 실종되고 어디로 사라졌는지 모르는 무공이라고 했었는데…… 그게 건씨세가의 후계자에게 이어졌다니!

"도대체 이게 어떻게 된 거야?"

"뭐지? 뭐가 어떻게 된 거지?"

무인들이 혼란에 빠진 사이, 진몽화와 격전을 벌이던 봉일래도 최만궁 쪽으로 합류했다.

"진천뇌정신공이라니! 그 무공을 어떻게 익히게 되었는지 설명해 보렴, 꼬마야."

"굳이 설명할 필요 없을 것 같소."

"호홋. 반항기가 있구나, 꼬마야."

육십을 한참 전에 넘긴 봉일래는 깔깔거리며 웃었다.

"내가 이 무공을 어떻게 얻었든, 그건 지금 중요한 게 아니오."

"흐응, 그렇지 않아. 아주 중요하단다. 네 대답에 따라 여기에 있는 아이들 전부가 살 수도 있고, 아니면 반대로 죽을 수도 있지."

"어차피 죽이려던 것 아니었소? 무공은 그저 지나가다 주웠을 뿐이오. 신경 쓰지 마시오."

가만히 듣고 있던 최만궁이 버럭 화를 냈다.

"뭣? 주워?"

"잠시 만요. 잠깐 기다려 봐요."

화를 내려는 최만궁의 옆에서 봉일래가 턱을 쓰다듬으며 생각에 잠겼다.

"알 것 같아요. 어떻게 된 건지."

"어엉? 뭐가 어떻게 된 건데?"

"기억 안 나요? 우리 의제의 시신? 그리고 무덤이 어떻게 되어 있었는지?"

"……!!"

최만궁은 그제야 생각이 난 듯 박수를 치며 감탄했다.

"역시 봉 매는 똑똑하군. 그걸 어떻게 기억했데?"

"기억 못하는 게 이상한 거예요. 생각해 봐요, 우리가 낙양에 왜 왔어요?"

"……그래! 그렇구만!"

최만궁이 깨달음을 얻은 듯한 표정을 지었다.

"그때 그 돌무덤……! 그리고 조그만 했던 발자국! 그래! 네가 그때의 그 녀석이었구나. 의제의 무덤을 만들어 준 녀석!"

"……."

건소길은 얼굴에 티를 내지 않으려고 노력했지만, 당황을 숨길 수는 없었다. 설마 그때의 그 일을 알고 있었을 줄이야.

내공을 알아보는 것까지는 예상했지만, 설마 그 연유까지 알고 있을 거라고는 생각지도 못했었다.

'그래. 그 무덤까지 흔적을 쫓아왔었던 거구나.'

가만히 생각해 보니 의형제의 인연을 맺은 사람들이니 그 정도는 쫓아왔을 것 같았다.

"그렇지? 네가 그때 무덤을 만들어 준 그 녀석인 거지?"

"……이제 와서 그런 게 무슨 소용이 있겠소. 그리고 나는 건씨세가의 후계자. 내가 익힌 것은 건씨세가의 청류공이오."

건소길의 당당한 말투에 최만궁은 당황한 듯 말문이 막

히는 모습이었다.

"그렇지만! 어쨌든 그 내공은 의제가 준 거 아니냔 말이야!"

"주었다는 말은 어폐가 있소. 난 우연히 벼락을 맞았을 뿐이니까. 그에게서 직접 무언가를 받은 적은 없단 말이오."

"뭐, 뭐랏?"

최만궁은 당황했고, 봉일래는 고개를 끄덕이며 그럴 수도 있겠다고 생각했다.

괴뢰마군 석숭이란 사람은 욕심이 많아서 설령 자신의 부모에게라도 내공을 전수해 줄 사람이 아니다. 더군다나 그들도 이미 확인하지 않았던가? 석숭은 진천뇌정신공의 진기를 더 늘리려다가 벼락을 견디지 못해서 죽었다. 그러니 건소길의 말에는 더욱 신빙성이 있는 것이다.

".내가 얻은 내공은 벼락을 맞아 얻게 된 기연일 뿐, 당신의 의제와는 전혀 관계가 없소."

"으음."

"오시오. 과거의 인연 따위 생각하지 마시오. 당신은 우리 가문의 대적(大敵). 난 전력을 다해 당신과 싸울 뿐이오."

기수식을 취한 건소길에게선 당당한 영웅의 느낌이 물씬 풍겼다.

모두가 감탄한다.

남아당자강(男兒當自強)

남자는 마땅히 스스로 강해야 한다고 했던가.

어느새 건소길은 스스로 세가를 대표할 수 있는 당당한 사내가 되어 있었던 것이다.

제33장

낙양전화(洛陽戰火)

"하긴 그 말이 맞지. 이제 와서 무슨 소용이 있어, 이미 원수인데."

최만궁은 그의 손에 쓰러진 건씨세가와 해검진가의 무인들을 한 번 돌아보았다. 그러고는 아쉬움이 가득한 눈빛으로 건소길의 양손을 응시했다.

"하지만 그 내공, 번뜩이는 뇌전. 아아, 옛 생각이 나는구만. 그때는 좋았지. 난 의제의 원하는 게 생기면 앞뒤 안 가리고 갖고 보는 성정이 참 좋았어. 의제가 내공이 강해질수록 성격이 급해져서 사건도 많았지만. 뭐, 어때. 그게 젊다는 것 아닌가. 하긴 그러고 보니 나랑 의제가 처음 만났을 때도 엄청나게 싸웠더란 말이야."

"……무슨 말이 하고 싶은 거요?"

"그러니까 내 말은, 네놈이 내 의제의 내공을 가질 자격이 있는지 한 번 확인해 봐야 쓰겠다는 말이야."

최만궁은 마치 어린아이처럼 눈을 빛내고 있었다.

양팔을 휘휘 돌리면서 자세를 낮추는 최만궁은 어느새 이원권의 기본자세를 잡고 있었다.

"음……!"

건소길은 자신이 어느새 마른침을 삼켰다는 것을 깨닫고 놀랐다.

불안, 초조, 긴장.

지금껏 '천벌'이야 많이 내렸지만 이렇게, 정면에서 진정한 고수와 맞붙는 것은 처음이었기 때문이다. 게다가 그의 어깨에 세가의 명운이 달려 있다고 생각하니 더더욱 마음이 무거워졌다.

"그럼, 가겠소!"

파지직—

건소길이 한 발을 앞으로 내딛자, 비룡풍운보가 펼쳐지며 순식간에 최만궁과의 거리가 좁혀졌다.

운신은 비룡풍운보.

멈춰 서자마자 내뻗는 손날은 청류단소검(淸流短小劍)의 초식이다.

"허?"

최만궁은 눈살을 찌푸렸다.

청류공의 초식이라면 이미 건청호와 상대하면서 충분히

겪어 봤던 바.

"날 뭘로 보고!"

한 번 본 초식이 십대고수에게 통할 리가 없지 않은가.

최만궁은 신경질적으로 건소길의 공격을 손으로 탁, 쳐 냈고, 그 순간.

파지직!!

"엇?"

화들짝 놀라며 뒤로 물러섰다.

"네 녀석……!"

최만궁의 두 눈에 경악이 담겼다.

"진천뇌정신공이 팔 성에 올랐다는 거냐? 약관에 불과 한 놈이?"

옆에 있던 봉일래 역시도 경악을 금치 못했다.

"말도 안 되는……! 우리 의제가 석년에 올랐던 경지와 불과 일 성의 차이밖에 안 난다고? 도대체 어떤 기연을 얻었기에?"

최만궁은 심각한 눈으로 자신의 손을 내려다보다가 눈살을 찌푸렸다.

"진천뇌정신공이 오 성의 경지에 오르면 내공이 극양의 열을 내뿜고, 팔 성의 경지에 오르면 뇌기(雷氣)가 뻗쳐서 감히 주변에 접근조차 하지 못하게 된다. 이건 분명 팔 성의 경지야. 더더욱 그냥 두면 안 되겠군."

최만궁의 두 눈에 승부욕이 이글거렸다.

"어디, 밑천을 한 번 보자."

펄쩍 뛰어오르는 최만궁은 마치 대호가 먹잇감을 노리듯 사나운 기세를 품고 있었다.

건소길은 뒤로 물러나는 듯하다가 옆으로 한 발을 옮기며 양손을 비스듬하게 쳐 올렸다.

융통무애하여 막힘이 없는 움직임.

그것이야말로 건씨세가 청류공의 요체다.

쾅!!

최만궁의 좌장과 건소길의 양손이 부딪치며 굉음을 토해 냈다. 최만궁의 얼굴에서 미소가 짙어진다. 건소길의 눈빛은 한층 더 깊어졌다.

두 사람은 협곡의 돌풍처럼 격렬하게 부딪쳤다.

쾅! 쾅! 쾅!

굉음이 연신 터져 나왔고 두 사람의 발밑엔 거미줄 같은 금이 쫙쫙 퍼져 나갔다.

어느새 장내의 모든 싸움은 멈춰 있었다.

모두가 목숨을 건 사투를 멈추고 두 사람의 대결에 집중했다.

건소길의 모습은 신묘했다.

청류무한보(淸流無限步), 청류단소검(淸流短小劍).

깊이의 차이는 있을지언정 건씨세가의 무인이라면 모두가 배운 무공이다.

한데 바로 그 무공을 가지고 천하에서 열 손가락 안에

꼽히는 고수를 상대한다.

마치 건씨세가 무공의 진정한 힘은 이것이라는 듯. 건소길은 이미 건씨세가 무공의 화신이 되어 있었다.

쾅! 쾅! 쾅!

격렬한 싸움은 거친 이동도 동반하였다. 두 사람은 좌에서 우로 빠르게 이동하며 부딪쳤고, 그 사이에 있는 애꿎은 무인들은 엄한 희생양이 되어 피를 뿜으며 튕겨 나갔다.

괴랑대의 몇 명은 날아오는 여파를 이원권으로 쳐 보려고 했으나, 청류장대검의 경력에 휩쓸려 한쪽 팔이 기괴한 각도로 꺾여 버렸다.

흘러나오는 여파가 그 정도다.

정면으로 맞받아친다면? 그 파괴력은 상상할 수도 없을 정도였다.

"차핫!"

쩌저정!

십여 합 정도의 격돌이 이어진 뒤 두 사람은 마치 약속이라도 한 듯 세 걸음을 뒤로 물러섰다.

황량한 바람이 불었다.

흩날리는 먼지 사이로 드러난 두 사람의 모습은 극명하게 대조되었다.

최만궁은 오른쪽 뺨을 길게 가로지르는 생채기가 하나 생겼다. 건소길은 상처는 없으나 양팔의 소매가 다 찢겨

나가고 앞섶이 뜯겨져 나갔다.

"흐흣, 대충 알겠군."

최만궁이 나직한 목소리로 웃었다.

"놀라운 재능이야. 네 나이 때에 이 정도 경지에 오른 녀석은 다섯 명도 채 못 봤다. 하지만 단점이 있군. 스승이 없었던 모양이야. 요령을 전수받지 못했어. 비무 경험도 거의 없는 것 같고, 쓸데없는 습관도 많다. 역시 연륜은 무시할 게 못된단 말씀이야."

최만궁은 오른쪽 볼에 난 생채기를 어루만지며 자신감 있게 씩 웃었고, 건소길의 입에선 울컥, 핏물이 주르륵 흘러내렸다.

"그렇지만 대단하긴 하단 말이야. 내가 마지막으로 얼굴에 상처 입은 게 언제였더라……? 봉 매, 언제였지?"

"삼 년 전에 사혈성 늙은이와 싸웠을 때였죠."

"맞아, 그때. 기련산왕 늙은이는 날이 갈수록 성질이 더러워져서 말이지. 어쨌거나 아가야. 너는 대단한 거란다. 이 몸에게 상처를 입힌 건 대단한 일이야. 암, 그럼. 그렇고말고."

건소길은 이를 악물고 나직하게 외쳤다.

"난 아직 쓰러지지 않았소!"

"승부는 났단다. 십 년쯤 더 수련하다 만났다면 모를까. 지금은 안 돼."

"그럴지도. 하지만 싸움은 끝나지 않았소."

건소길의 시선이 최만궁의 좌측 너머로 향했다.

최만궁의 눈썹이 살짝 찌푸려지는 순간, 건소길의 몸이 잔상만 남긴 채 휙하니 옆을 스쳐 지나갔다.

"헛!!"

그야말로 찰나를 쪼갠 순간에 벌어진 일이다.

최만궁에게 무공으로 상대가 안 된다?

그럴지도 모른다.

하지만 그렇다고 해서 경공까지 지는 것은 아니다. 건소길은 적어도 경공만큼은 천하제일의 대가로부터 배운 것이다.

"이, 이놈이!"

대경한 최만궁이 손을 뻗었으나 건소길의 잔상은 이미 사라진 지 오래. 평범한 마을사람들이 봤다면 귀신이야, 라고 소리쳤을 만큼 신출귀몰한 움직임이었다.

한편, 건소길은 축지법마냥 허공에 사라졌다가 어느새 최만궁의 뒤쪽으로 스무 보 정도 떨어진 곳에서 나타났다.

최만궁이 뒤를 돌아보려 하지만 이미 늦었다. 지금은 건소길이 한 수 빠르다.

파지지직!!

건소길의 왼쪽 손끝에서 그 누구든 등골이 오싹해질 만한 섬뜩한 소리가 울렸다.

건소길은 왼쪽 손끝을 발뒤꿈치에 닿을 만큼 크게 젖혔

다가, 온 힘을 다해 앞으로 쭉 내뻗었다.

단전이 텅, 비어 버리는 듯한 허탈감이 느껴졌다. 모든 것을 단번에 뿜어내는 것에서 오는 쾌감과 온몸에 남은 힘이 하나도 없을 때의 나른한 공허함이 함께 몰려온다.

번쩍!

"⋯⋯!!"

눈부신 섬광이 한순간 모두의 눈에 각인되었다. 건소길의 손끝에서 뻗어 나간 뇌전은 거대한 창처럼 최만궁이 서 있던 자리를 꿰뚫었다.

푸확—

최만궁의 입에서 핏물이 뿜어졌다. 잠시간 방심의 대가다.

"그어어어⋯⋯!"

고작 손가락만 스쳤을 뿐인데. 최만궁은 온몸을 타고 흐르는 뇌기(雷氣)에 전율하며 한참 동안 몸을 부르르 떨었다.

"크윽, 이럴 수가⋯⋯! 뇌룡포(雷龍砲)⋯⋯?"

최만궁은 사라져 버린 자신의 왼손 약지손가락을 내려다보았다.

"의제의 비기까지 익히다니⋯⋯?"

도저히 믿을 수 없다는 듯한 목소리였다.

삼괴는 천하에서 열 손가락 안에 꼽히는 고수.

즉, 수억에 달하는 중원 인물들 중에서도 손꼽히는 무

재(武才)를 갖고 태어난 사람이란 뜻인데, 그런 그들이 평생을 일궈 온 업적을 건소길은 불과 약관의 나이에 이룬 것이다.

적의보다는 경의가. 손가락을 잃었다는 분노보다는 도저히 믿을 수 없다는 불신이 더욱 컸다.

"크흐으……."

한편, 그사이 건소길은 석상처럼 굳어 있었다.

아직 사용할 수 없는 무공을 썼으니 당연한 결과였다. 오히려 기혈이 뒤집히고 오장육부가 끊어지는 주화입마에 걸리지 않은 걸 다행이라고 해야 할 판국이다.

'몸이, 몸이 안 움직여.'

생각만 앞선다는 말은 이럴 때 써야 할 것이다.

손가락 하나, 발가락 하나도 움직일 수 없었다. 심지어 눈꺼풀을 끔뻑이는 것조차 되지 않았다.

사후체험을 하고 있는 기분이다. 죽어 버린 육신에 영혼만 덩그러니 남은 듯했다.

'움직여라, 움직여! 지금이 기회야. 파문장괴가 피를 토하면서 굳어 버렸잖아!'

뇌룡포를 더도 말고 단 한 번만 더 쏠 수 있었다면, 파문장괴를 이길 수 있었을 것이다. 첫 번째 뇌룡포로는 손가락 하나를 끊은 것에 불과했지만, 다음 번 뇌룡포는 멍하니 굳어 있는 최만궁의 심장을 확실히 꿰뚫었을 테니까.

하지만 현실은 잔혹하다.

건소길의 수련은 부족했고, 내공은 텅 비어 버렸다. 손가락 하나 까딱할 수 없는 상황에서 그가 택할 수 있는 선택지는 하나뿐이다.

죽음.

최만궁이 서서히 몸을 움직이고 있었다. 이미 기회는 놓쳤다. 텅 빈 왼손 약지에서 피를 뚝뚝 흘리며 최만궁은 다가오고 있었다.

"위험한 놈!"

최만궁이 짐승처럼 으르렁거렸다. 약지가 잘려 나간 왼손이 얼굴을 향해 다가왔다.

'여기서 끝인가.'

건소길의 머릿속에서 그를 말리던 진몽화와 천벌단의 친우들이 생각났다. 그럼에도 불구하고 도저히 참지 못하고 뛰쳐나온 것은 그의 결정이었다.

자신의 행운도 끝인 것인가.

그렇게 모든 것을 포기하려는 순간, 옆에서 긴 장검이 날아와 바닥에 꽂혔다.

"흐응?"

최만궁이 불쾌한 얼굴로 옆을 쳐다보았다.

평소와 달리 먼지투성이가 된 복장, 만신창이가 된 몰골임에도 특유의 기품과 단정한 외모를 잃지 않은 건청호가 걸어 나오고 있었다.

"이 애비가 부족한 탓에, 아들에게 제대로 된 가르침조차 내려 주지 못했구나. 시간이 조금만 더 있었다면…… 좋았을 것을."

앞을 막아선 건청호의 등은 어딘가 결연해 보였다.

'안 돼……!'

건소길은 불길한 예감을 느꼈다. 그만두라고 절규하려 했으나 쉭쉭거리는 듯한 거친 숨소리만 흘러나올 뿐이다.

"소길아, 보아라."

스릉—

뽑아지는 검. 건청호의 애검 천향이다.

"이것이 낙양 건씨세가의 무공이다."

후와악—

방금 막 숫돌에 간 칼날을 눈앞에 둔 듯한 감각이었다. 목 아래가 서늘하고 등골이 오싹해지는 위기감이 주변을 잠식했다. 심지어 최만궁조차 뒷걸음질로 물러섰다. 지금의 건청호에게는 그럴 만한 분위기가 있었다.

"뭐지? 이건……?"

최만궁은 이내 믿을 수 없다는 듯이 두 눈을 부릅떴다.

"네놈. 선천진기까지 쓴 거냐?"

"……!!"

건소길은 심장이 쿵, 하고 내려앉는 듯했다.

선천진기란 하늘로 부여받은 기운. 사용하면 소유자에

게 강력한 내공과 뛰어난 신체능력을 주지만, 목숨을 깎아 수명을 줄게 만들지 않던가.

"크…… 어…… 어어……!"

건소길은 그만두라고 소리치고 싶었지만, 여전히 목소리가 나오지 않았다. 건청호가 그런 건소길에게 눈빛을 보냈다. 괜찮다고 말하는 듯했다.

건청호는 천향을 아래쪽으로 비스듬하게 내려 들었고, 잘 갈려진 칼처럼 날카로운 살기를 담아 그의 애검 천향을 위쪽으로 그어 올렸다.

샥―

부드러운 호선이 그려짐과 동시에 최만궁의 왼쪽 팔목 부근에서 핏물이 분수처럼 뿜어져 나왔다.

최만궁이 황급히 뒤로 물러선다.

이원권.

피가 흐르는 왼손 장타를 앞으로 쭉 뻗은 뒤, 꽉 움켜쥔 우권을 교차하듯 좌측 중단을 향해 내질렀다. 장타와 주먹 사이에 칼날을 끼워서 부러뜨리려는 한 수다. 한데 건청호의 검은 미묘한 차이로 그 공격을 피해 내며 최만궁의 우측 어깨를 갈라 버렸다.

푸확!!

검붉은 핏물이 솟구쳐 오른다.

최만궁의 인상이 팍 찌푸려지며 눈썹 끝이 위로 솟구쳤다.

"이놈이!!"

백전연마의 고수인 최만궁조차 당황한 기색이 역력했다. 최만궁은 재빨리 혈을 짚어 피를 멈추게 한 뒤 빛살 같은 속도로 건청호를 향해 이원권의 초식들을 쏟아 내기 시작했다.

쾅! 쾅!

내력이 터지는 소리가 굉음처럼 울려 퍼졌고, 화탄 못지않은 파괴력을 지닌 양손이 쉴 새 없이 허공을 두드렸다.

건청호는 소나기처럼 쏟아지는 공격을 검을 살짝 기울여 흘려 내고 그 사이의 틈을 정교한 공격으로 찔러 댔다.

유능제강의 극치.

장법은 검끝을 살짝 돌리는 것만으로 흘려 내고, 권법은 천향의 손잡이로 팔뚝 안쪽을 치면서 막아 냈다.

놀라웠다.

이럴 수가 있는 것일까.

건청호는 십대고수인 최만궁과 동등한 무위를 뽐내며 싸우고 있었다.

"하압!"

짧은 기합 소리와 함께 나아가는 몸.

지켜보던 건씨세가 사람들의 눈이 번쩍였다.

'저것은……!'

청류단소검. 청류무한보.

건씨세가에 입문했다면 누구나 아는 무공이다. 건씨세가에 입문하게 되면 첫 일 년은 무조건 청류무한보와 청류단소검만을 익히며 보낸다. 한데 건청호의 손에서 펼쳐지는 무공은 마치 전혀 다른 무공인 것처럼 위력적이었다.

최만궁이 공격을 하는 순간에는 물러서며 견제하고, 최만궁이 공격을 멈추는 순간에는 정교한 칼놀림으로 허점을 노렸다. 정확히 필요한 순간에 적절한 초식을 펼치는 것이야말로 진정한 고수라는 것을 보여 주는 듯하달까.

어딘가 숭고하기까지 한 건청호의 모습을 모든 이들이 넋을 잃고 바라보았다. 심지어 홍화대와 괴랑대의 사람들까지도 말이다.

"하아압!"

건청호는 단호한 기합을 내뱉었고, 최만궁과 연이어 부딪쳤다.

그리고 승부는 한순간에 났다.

거센 폭포수를 거슬러 오르는 물고기처럼 건청호의 천향검이 빈틈을 비집고 들어가 최만궁의 왼쪽 어깨를 꿰뚫는다. 동시에, 건청호의 등 뒤 네 군대의 지점이 핏물과 함께 터져 나갔다.

푸확!

"큭큭……."

최만궁은 허옇게 질린 얼굴로 피가 터져 나오는 어깨를 붙잡은 채 웃었다.

"대단하구만 그래. 클클, 이 몸이 사자연환격까지 써야 할 줄은 몰랐어."

"사자연환격이라…… 격공장의 정수…… 대단…… 하군."

건청호의 안색은 파리하게 질려 있었다. 툭 튀어나온 혈관이 목부터 얼굴까지 거미줄처럼 뻗어 있다.

"원래는 딴 놈한테 쓰려고 아껴 뒀던 건데 말이지…… 클클."

"쿨럭!"

건청호가 핏물을 토해 내고, 그때쯤 건소길도 몸의 감각이 조금이나마 돌아왔다.

"아버지!!"

땅바닥을 기면서 일어나는 순간, 희끗한 옷자락이 보이며 건소길의 가슴이 쾅! 하고 충격을 받았다.

"컥……."

"도련님!"

황급히 뛰쳐나온 조성연이 건소길을 끌어안으며 뒤로 물러섰다. 그가 경계심 가득한 눈으로 바라보는 곳에는 무거운 표정의 단수괴녀 봉일래가 서 있었다.

"오라버니."

"쿨럭, 쿨럭, 으응?"

"오랜만에 망신을 당했네요."

"……클클."

최만궁은 어깨에 박힌 천향검을 뽑아내며 뒤로 물러섰다. 건청호는 비틀거리다가 한쪽 무릎을 꿇고 말았다. 최만궁 역시도 더 이상 싸움을 할 수 없는 몸이지만, 그는 빈사상태나 마찬가지였다.

승부는 명백했다.

이미 서 있을 힘도 없는 상황.

그나마 천향검을 꽉 움켜쥐는 것이 그가 할 수 있는 최선이었다.

"가주!"

"건 가주님!"

어느새 다가온 건무대주 주철과 진몽효가 건청호를 부축했다.

봉일래는 그런 그들의 모습을 묵묵히 지켜보다가 입을 열었다.

"이만 물러나죠."

"뭐라?"

최만궁이 절대 그럴 수 없다는 듯 두 눈을 이글거렸다.

"괴랑대 놈들이 얼마나 많이 죽었는데!"

"한 번 잘 생각해 봐요."

"뭘!"

"이 아이를 죽이면 의제의 무공은 사장이 돼요."

"으응?"

최만궁의 눈빛이 흔들리더니 갑자기 멀쩡한 오른손으로 머리를 쥐어뜯었다.

"그러고 보니 그랬네! 젠장, 의제의 무공은 하나뿐인데. 이 녀석을 죽이면 무공을 이을 놈이 하나도 없게 되는구나! 이걸 어쩐다…… 방법이 없네, 이걸 어째!"

맹렬하게 살의를 불태우다가도 갑자기 고민하며 머리를 쥐어뜯는 모습은 그가 희대의 괴걸(怪傑)임을 다시 한 번 상기시켜 주었다.

"이렇게 하는 게 어때요?"

봉일래가 팔짱을 끼며 말했다.

"사실 이 아이는 우리에게 은인이기도 해요. 생각해 봐요. 객사한 의제의 무덤을 만들어 주었잖아요?"

"그러고 보니 그렇네! 은인이구나, 은인!"

"하지만 우리 괴랑대와 홍화대 아이들을 많이 죽였죠."

"으음. 원수네, 원수!"

"의제의 무공을 이었으니 의제의 제자이기도 해요."

"끄응!"

봉일래는 일부러 그러는 것처럼 최만궁의 머릿속을 더욱 혼란스럽게 만들었다.

"하지만! 내 손가락을 자른 놈을 가만 둘 수는 없어! 게다가 이 어깨를 봐. 저놈 애비가 날 이 지경으로 만들었다니까?"

"사내가 엄살 부리긴. 그깟 상처는 침만 발라도 낫겠네요."

"으잉? 치, 침이라니. 이렇게 큰 상처인데?"

"쯧쯧, 나이가 들면 좀 변해야지 원. 잔말 말고 기회를 한 번 줘 봐요."

"……."

최만궁이 성정이 특이하고 높낮이가 심한 성격이긴 하나 바보는 아니다. 그는 이해가 안 된다는 듯 눈살을 팍 찌푸렸다.

"기회를 주면? 뭔가 바뀌나?"

"우리 의제의 제자이자, 무덤을 만들어 준 아이예요. 그럼 우린 갚아야 할 게 있잖아요."

"그렇지만 우린 이미 이놈의 원수야!"

"그래요. 그러니까 양보 한 번만 해 주자고요."

"양보?"

"네, 양보."

봉일래는 이미 결심을 내린 듯 진지한 눈빛을 보였고, 최만궁은 잠시 신음을 흘리다가 손을 털었다.

"알았어! 알았다고. 쿨럭, 쿨럭. 젠장 ,이번엔 누이 맘대로 해."

"잘 생각했어요."

봉일래는 사뿐거리는 발걸음으로 건소길을 향해 다가왔

다.

"애야."

"……"

건소길의 입에서 피가 울컥거리며 흘러나왔다.

"우리의 제자가 되련?"

"……?!"

건소길만 눈을 부릅뜬 것이 아니다. 건씨세가, 해검진가, 괴랑대, 홍화대, 너나 할 것 없이 모두가 경악했다.

"비록 싸우면서 알게 되어 버렸다고는 하나, 네 재능과 무공이 아까워서 하는 말이야. 의제가 남긴 무공은 너만 알고 있지 않니. 싸움이야…… 사실, 무림강호에선 종종 벌어지는 것이고. 이것도 지나고 보면 다 별거 아닐 거란 말이지."

"……하하핫!"

건소길은 웃음을 참을 수가 없었다.

"일고의 가치도 없군."

건소길의 단호한 대답에 봉일래의 얼굴이 굳어졌다.

"아가야, 잘 생각하는 게 좋을 거야. 네 아비도 쓰러진 판에 내가 마음만 먹으면 이곳은 오늘 불바다가 되지 않겠니?"

"목숨을 잃은 건씨세가 무인들이 몇 명인가. 방금 가문을 지키기 위해 생명을 불태워 최만궁을 저지한 분이 누구던가."

건소길은 이를 악물었다.

천향검에 기대어 겨우 몸을 지탱하고 계신 분.

그분의 등을 보고 있자니 눈물이 흐를 것만 같지 않은가.

"당신들은 불구대천의 원수! 거절한다!"

"쯧쯧, 아둔한 녀석. 아가야, 너희를 잡으려는 것은 우리만이 아니란 말이다. 네가 살길은 우리의 제자가 되어 한 배를 타는 것뿐임을 왜 몰라?"

"……그게 무슨 소리지? 당신들은 당신들 의사로 낙양을 침범한 게 아니었단 건가?"

"……."

건소길의 날카로운 지적에 봉일래는 입을 꾹 다물었다.

"쯧쯧."

혀 차는 소리가 나는가 싶더니 봉일래가 어느새 성큼 다가와 멱살을 잡았다.

"도련님을 놔라!"

옆에서 조성연이 일갈을 했으나 눈 하나라도 깜짝할 봉일래가 아니지 않은가. 주름진 얼굴을 분칠로 덮은 얼굴이 가까이 다가왔다.

파드득.

하얗게 얼어붙은 소수(素手)가 당장이라도 목을 뜯어낼 것 같았지만, 건소길은 차분했다.

"하나만 묻겠소."

"허?"

"당신들은 자미존과 관계가 있소?"

"······."

"관계가 있군."

건소길은 봉일래의 눈을 스치고 지나간 이채를 놓치지 않았다.

"······쯧쯧, 목숨이 위험한 짓만 골라서 하는구나."

"대답해 줄 수 있소?"

"아가야. 잘 들어라. 하루만 줄 것이야. 하루만 쉬었다가 내일 이 시간에 다시 올 거야. 만약 그때 너희가 이곳에 남아 있다면······ 그땐 우리들과, 우리들이 빚을 진 '어떤 무리'가 같이 올 테고, 모든 힘을 총동원해서 이곳을 박살 내 버릴 테지."

"······."

"이걸로 의제의 의리는 갚은 거다?"

봉일래는 홍화대와 괴랑대 제자들에게 손짓을 하여 시체를 수습한 뒤 떠나 버렸다.

건소길은 차마 봉일래를 붙잡을 수 없었다. 붙잡아 봤자 패배한다. 눈이 시릴 만큼 선명한 힘의 차이는 도저히 부정할 수가 없었다.

지켜 내긴 했으나, 승자는 저들이다.

패배한 건, 낙양이다.

"큭……."

건소길은 신음을 흘렸다.

털썩 주저앉은 사람들. 죽지 말라며 절규하는 무인들. 이미 죽은 시신들을 망연자실하게 응시하는 그들에게선 이미 생기가 모두 빠져나간 것 같았다.

"아버지……."

건소길은 조성연의 부축을 받으며 건청호에게로 다가갔다.

건청호의 얼굴엔 새파란 핏줄이 나무뿌리처럼 튀어나와 있었다.

머리는 허옇게 새어 버렸고, 이마와 눈가에 주름이 선명하다. 선천진기를 사용한 사람은 생기(生氣)를 잃고 노쇠해져 버리니, 마치 순식간에 이십 년은 늙어 버린 듯했다.

"등 뒤의 상처가 너무 큽니다. 사자연환격이라는 거…… 무시무시한 위력이로군요. 근육은 물론이고, 뼈와 폐까지 상했습니다. 게다가 선천진기까지 사용하신 탓에……."

주철은 차마 말을 끝까지 맺지 못했지만 그 뜻을 못 알아듣는 사람은 단 한 사람도 없었다.

"그만하세요…… 대주님. 알겠습니다."

건소길은 파르르 떨리고 있는 건청호의 손을 붙잡았다.

"쿨럭, 쿨럭."

건청호의 두 눈은 이미 뿌옇게 흐려져 있었다.

"소길이냐……?"

"예, 아버지. 소길이에요."

버드나무처럼 축 늘어져 있던 건청호의 손에 힘이 들어갔다.

"아비가 못난 탓에 끝까지 좋은 모습을 보여 주지 못하는구나……."

"그런 말씀 마세요, 아버지. 아버지는 건씨세가의 기둥이자, 무인의 표상이셨습니다."

건무대주 주철, 진가의 후계자 진몽효.

그리고 조성연을 포함한 건씨세가 가신들 모두가 굵은 눈물을 흘렸다.

"허허…… 진작 알았더라면…… 시간이 조금만 더 있었더라면…… 너와 좀 더 의미 있는 시간을 보냈을 것을."

"아버지……!"

"소길아. 잘 듣거라."

건청호는 격하게 각혈을 몇 번 더 토해 낸 뒤 힘겹게 말을 이었다.

"지금 이 순간부터…… 건씨세가는…… 낙양을 포기한다."

충격적인 결정.

하지만 그에 반발할 수 있는 사람은 없었다. 상황이 너무 처참했기에. 그리고 죽어 가는 가주가 하는 말이었다.

"땅보다는…… 사람이…… 중요하다. 사람만 있다면…… 세가는 언제든…… 다시 세울 수…… 있을 터…… 쿨럭! 쿨럭!"

건소길은 움켜쥔 손에서 힘이 점차 빠져나가는 것을 느꼈다.

"건무대주…… 철아……."

"예! 가주님!"

평소 얼음처럼 차가워 함부로 말도 붙이기 힘들던 주철이 눈물을 뚝뚝 흘리며 대답했다.

"소길이를…… 잘…… 부탁한다……."

"제 목숨을 다해 보필할 것입니다!"

무릎을 꿇은 채 혼을 다해 대답하는 주철은 충의의 상징인 관운장처럼 보였다.

"가신들도……."

"저희의 목숨을 바치겠습니다!"

살아남은 건씨세가의 무인들.

그들 모두, 한 사람도 빠짐없이 결연하게 외쳤다.

"허허……내가…… 헛살진 않았구나……."

건청호는 초점이 사라진 눈으로 웃었다.

"명심해라…… 청류공은…… 낙양으로 돌아와야……."

굳어 버린 입술. 떨림을 멈춘 손.

잡고 있던 손에서 맥박이 느껴지지 않을 때, 건소길은 즐겁고 쾌활했던 자신의 유년기도 끝났음을 직감했다.

낙양을 덮친 전화.

그 끝에선 절망만이 소용돌이치고 있었다.

제34장

도주

"오라버니."

어두컴컴한 방 안. 책장에 나란히 늘어서 있는 책들의 윤곽만 어슴푸레 보이는 서재 안으로 진몽화가 들어갔다. 그녀는 품속에서 화섭자를 꺼내 등불에 불을 붙이려다 망설이며 다시 집어넣었다.

"괜찮…… 아요?"

대답은 들려오지 않았다. 서재의 오른쪽 구석 한편, 어둠이 가장 짙게 내려 있는 공간에서 무언가가 흠칫 놀라 움직였을 뿐이다.

진몽화는 그의 윤곽이 보일 정도로 다가가 자세를 낮추고 상대방을 응시했다.

"오라버니."

건소길은 무릎을 세우고 앉아 고개를 푹 숙인 채 대답이 없었다.

"저를 좀 보세요."

"……."

"오라버니."

천천히 들어 올려지는 건소길의 얼굴은 비통함에 젖어 있었다.

먼 곳을 보듯 초점이 없는 눈이 천천히 움직여 진몽화를 응시한다. 앙 다물고 있던 입술이 갈라진 목소리를 토해 냈다.

"몽화."

"네, 오라버니."

"화가 나고 슬픈데…… 눈물이 나오질 않아. 왜 그렇지?"

진몽화는 아무런 말도 하지 않고 건소길의 얼굴을 끌어 안았다. 건소길은 그녀의 심장 소리를 듣고 따뜻한 체온을 느끼며 다시 눈을 감았다.

"몽화의 말을 듣지 않고 무공을 사용했는데도 아버지를 구하지 못했어. 결국 내 뜻대로도 안 되고, 몽화의 계획도 망쳐 놓았지…… 난 눈앞에서 아버지를 잃은 놈이야. 그래도 꽤 강하다고 자부했던 내 힘은…… 아무것도 아니었어."

"오라버니는 대단해요."

"어째서……?"

"약관의 나이로 이룰 수 없는 내공. 천하에서 열 손가락 안에 꼽히는 패공(覇功)을 익히고, 장 아저씨에게 천하제일을 다투는 경신법을 익혔죠. 지금이야 부족함을 느낄지 몰라도 앞으로 십 년, 아니, 오 년만 지나도 천하이괴 정도는 눈 아래로 둘 수 있는 사람이 될 거예요. 무인으로서 천운을 타고났다고 해도 좋아요. 그런 사람이 자신을 비하하고 절망한다면 그야말로 천벌을 받을 거예요."

"하핫……."

건소길은 나직하게 웃었다. 상심한 무인을 이런 식으로 위로할 수 있는 여인은 흔치 않을 것이다.

"몽화는 특이해."

"오라버니도 특이하죠. 제가 예전에 천벌사신을 돕고자 했던 이유를 말한 적이 있던가요?"

"아니, 들어 보지 못했어."

"뛰어난 재능과 능력을 지닌 사람이 정의를 위해 힘쓴다. 당연하지만, 당연하지 못한 게 요즘의 세태이죠. 그걸 실행해 내는 사람이 있다? 저한테는 기적 같은 일이었어요."

진몽화는 무릎을 꿇고 앉아 이마를 맞대고 건소길과 눈을 맞대었다.

"너무 상심하지 마세요. 살아남기만 하면 모든 것을 갚아 줄 기회는…… 반드시 올 거예요. 명심하세요, 오라버니는 제게 기적이에요."

청산에 녹수가 가득하니 땔감 걱정은 없다던가.

건소길은 혼란스럽던 마음이 차분하게 가라앉는 것을 느꼈다. 눈은 마음의 창이라던 말이 맞다. 자신을 생각해 주는 그녀의 진심을 이렇게나 절실하게 느낄 수 있으니 말이다.

"고마워 몽화. 힘이 났어."

건소길은 자리에서 일어나 진몽화를 와락 끌어안았다. 진몽화는 얌전히 안긴 채 볼을 살짝 붉혔다.

"몽화가 없었다면 어떻게 했을까. 상상도 하기 싫어."

"오라버니……."

"힘을 내볼게. 아직 끝난 게 아니니까. 우선은 무사히 낙양 땅을 빠져나갈 수 있도록…… 많이 도와줘."

"물론이죠. 저는 오라버니의 책사니까요."

"잘 부탁해."

건소길은 품 안의 진몽화의 이마에 작게 입을 맞춰 준 후 훌훌 털고 일어나 씩씩하게 기운을 찾았다.

"우선은 아버지부터."

건소길의 두 눈이 강인한 빛을 냈다.

"건 공자."

제대로 염을 할 시간도 없었으나, 그래도 봉분이나마 만들자는 마음에 건청호의 시신을 가묘(家墓)에 묻었다. 상복을 입고 가묘 앞을 멍하니 지키던 건소길에게 진몽효가 찾아왔다.

　"잠깐 이야기를 나눌 수 있겠나?"

　"물론입니다."

　건소길은 통통 부어 버린 눈을 손바닥으로 잠시 매만진 뒤, 예의를 다해 진몽효를 맞이해 주었다.

　"마음이 많이 상했겠군."

　"……."

　무슨 말을 더 할 수 있겠는가. 건소길은 그저 씁쓸하게 웃을 뿐이었다.

　"아버님…… 해검진가의 전대가주께서는 항상 입버릇처럼 말씀하시곤 했지. 역사 깊은 낙양 땅에 스스로 시인묵객이라 칭하는 사람은 많으나, 그중에서 군자는 건 가주한 사람뿐이다."

　진몽효는 방금 새긴 탓에 투박한 자국이 그대로 보이는 위패 앞에 향불을 붙였다.

　"기회만 있다면 건 가주님께 앞으로도 쭉 가르침을 받고 싶었다. 배울 점이 많은 분이었고…… 앞으로 한 가족이 될지도 모르는 분이었으니."

　멍하니 듣고 있던 건소길의 두 눈에 이성적인 빛이 돌아왔다.

한 가족이 될지도 모르는 사이.

건소길과 진몽화의 사이를 말함이었다.

"그 생각. 저는 지금도 변화가 없습니다."

진몽효가 관찰하듯 건소길을 뚫어지게 바라보다가 다시 위패로 시선을 돌렸다.

"그런가. 고맙기도 하고, 반대하고 싶기도 하군."

"예……?"

"낙양의 일. 복수할 생각이겠지?"

"물론입니다."

즉답이 나올 수밖에 없는 이야기였다.

가문과 부모님의 원수를 갚지 않는다면, 사내가 아니다.

"그 길은 쉬운 길인가?"

"예?"

"삼국연의에서 유현덕이 그렇게 말했다지. 처자는 의복과 같아[妻子如衣服] 얼마든지 새로 바꿀 수 있는 것이라고."

"……"

"그 말만 들으면 유현덕이 가족을 얼마든지 내 버리는 비정한 사람 같지만…… 사실은 난세를 헤치고 살아남는 길이 처자식을 건사하며 갈 만큼 만만하지 않다는 뜻이겠지."

건소길은 비로소 진몽효의 말뜻을 이해할 수 있었다. 그는 위험한 삶을 걸어갈 사내에게 귀한 동생을 맡기는 것이 탐탁지 않은 것이리라.

'하나 그게 아닙니다.'

건소길은 고개를 절레절레 흔들었다. 진몽화와는 진몽효가 모르는 인연으로 더더욱 깊게 묶여 있었다. 가족들이 못 보는 부분을 그는 분명히 알고 있었다.

"나는 이번 일을 겪으면서 뼈저리게 느낀 바가 있네."

"무엇을 느끼셨습니까?"

"힘이 없으면 아무것도 할 수 없다는 것. 그리고 그 힘을 얻기 전까지는 다른 어떤 것에도 한눈이 팔려선 안 된다는 것."

진몽효의 두 눈에선 목숨을 건 듯한 차가운 결의가 담겨 있었다.

건소길이 조금 불안감을 느낄 정도였으나, 그가 겪은 일을 생각해 보면 당연한 것처럼 이해가 되었다.

아버지가 그의 앞에서 자결하였다.

어찌 복수심에 불타지 않을 수 있을까.

"같은 일을 겪은 사람이기에 묻는 것이지만, 나는 자네가 내 동생을 건사하면서 복수를 하는 건 너무 무른 생각이라 사료되는군."

"……."

건소길은 잠시 신중하게 말을 고른 뒤 입을 열었다.

"진 가주님…… 아니, 형님이라 부르겠습니다."

"그러게."

"복수의 길을 걸으면서도 몽화를 포기하지 않는 것. 분명, 저의 욕심인지도 모릅니다. 하지만 저는 이번 일을 겪으며 더욱 몽화와의 인연은 특별하다는 것을 깨달았습니다."

"어째서 그런가?"

"해검진가와 건씨세가. 같은 일을 겪었고, 같은 방법으로 부모를 잃었습니다. 이런 경험마저 함께한 남녀가 세상 천지에 또 있을까요?"

"……."

"그리고 몽화는 지아비만 바라보며 의지하는 그런 나약한 여인이 아닙니다. 같은 길을 나아가는 동지. 힘겨운 전투일수록 함께하여 빛을 발하는, 여인이기 이전에 한 사람의 지자(智者)로 손색이 없는 사람입니다. 그런 그녀를 아끼기만 하는 것이야말로 저의 오만일 터. 그녀와는 복수라는 긴 여정조차 함께해야 한다고 생각합니다."

"허……?"

"이왕 말을 꺼내셨으니. 아버님 앞에서 말씀드리겠습니다. 저 낙양건씨세가의 유일 적통 건소길. 안전한 곳에 도달하는 즉시 몽화와 혼례를 올리고 싶습니다."

이럴 때 할 말이 아니라는 것은 안다.

하지만, 그렇기에 해야만 했다. 앞으로 있을 험한 여정. 진씨세가의 잔존무인들과 하나의 길을 가야 하는 지금, 진몽효라는 사람과 깊은 인연을 맺어야 하는 것이다.

'몽화가 화내겠네.'

그렇다고 해서 정략적으로 혼인을 하겠다는 것이 아니다. 이미 오래전부터 진몽화와의 깊은 인연을 느꼈기에 고민할 필요도 없을 뿐.

진몽화라면 그의 그런 속마음을 다 꿰뚫어 볼 것이다. 그리고 낭만적이지 않다고 툴툴거리겠지만, 또한 한편으로 좋아하며 볼을 조금 붉힐 여인이다.

"그 마음…… 고맙게 받지. 이제 보니 자네는 나보다 더 몽화를 잘 알고 있었던 것 같군."

진몽효는 돌덩이에 금이 가듯 미세한 웃음을 짓더니, 건청호의 위패를 향해 정중하게 포권을 취했다.

"건 가주님. 아니, 사돈어른이 되시겠군요. 사돈어른, 슬픔에 가득 차야 할 지금 좋은 소식을 말씀드려 죄송합니다. 이 자리에서 맹세하노니, 여기에 있는 동생과 힘을 합하여…… 꼭! 낙양 땅을 되찾고 말겠습니다."

진몽효의 시선이 뜨거웠다. 옆에 선 건소길 역시, 뜨거운 가슴으로 위패를 향해 외쳤다.

"아버지, 지켜봐 주세요. 다음번에 진 형과 이곳을 찾아 올 때는…… 낙양 땅을 되찾은 뒤가 될 것입니다."

건소길과 진몽효.

낙양 땅의 준걸 두 사람은 서로를 보며 뜨거운 다짐을 주고받았다.

❖　　❖　　❖

　자정에 가까운 시각. 일단의 무리가 건씨세가의 정문을 나와 동쪽으로 이동하기 시작했다.

　건소길과 진몽효.
　건무대주 주철, 평무교관 조성연, 해검진가 외당당주 임무택.
　천벌단의 진몽화, 방득, 장일봉.
　건무대 마흔두 명, 평무대 여든 명. 그리고 해검대 구십여 명.

　총 인원 이백삼십여 명인 그들은 최소한의 봇짐만을 등에 맨 채 빠른 구보로 움직이고 있었다. 마차 두 대에는 중요한 짐과 이동하면서 먹을 식량들을 챙겼다. 모두가 무거운 표정. 힐끔거리며 연신 뒤를 돌아보는 무인들은 짙은 후회로 낙담한 얼굴들이었다.
　"마음은 아프지만…… 건물과 땅에 집착하지 말고, 사람을 살리라는 아버님의 유언을 따랐으면 합니다. 일단은 후퇴하고 훗날을 도모합시다."
　건소길의 말에 모두가 고개를 끄덕여 그 뜻에 동조했다.
　"괜찮겠지요? 진 형님?"
　"물론."

진몽효는 지휘는 건소길에게 모두 맡긴다는 듯한 모습이었다.

　낙양은 하남에 포함된 지역. 강을 따라서 쭉 동쪽으로 이동하면 정주부를 지나 구파일방 중 개방의 본거지인 개봉부가 나오고, 거기서 조금만 이동하면 무림의 종주인 소림사로 이동할 수 있었다.

　"건무대주님."

　"말씀하십시오, 도련님."

　"건무대의 생존 인원이…… 마흔두 명이었지요?"

　"그렇습니다."

　주철은 담담히 대답하려 하는 듯했으나 눈빛이 흔들리는 것은 막지 못했다. 희생이 많았기에 평정을 유지할 수 없는 것이다.

　"건무대원들에게 후방을 부탁하고 싶습니다."

　"후방이라니……? 어째서입니까?"

　"이괴는 약속을 하였으나, 이괴에게 지시를 내린 자들은 생각이 다를 수도 있습니다. 습격에 대비해야 합니다."

　무리의 선두에 있던 지휘자급의 사람들에게만 들린 말이었다. 진몽화를 제외한 모두의 얼굴이 설핏 굳어졌다. 가문을 포기해야 한다는 충격적인 사실 때문에 잠시 잊었을 뿐, 싸움은 아직 끝나지 않은 것이다.

　"건 제."

　"예, 형님."

"그게 무슨 말인가. 이괴에게 지시를 내린 자들이 있다니."

"이건 얼마 전에 몽화가 밝혀낸 사실입니다만…… 이괴에게 지시를 내리는 존재가 있는 것 같습니다. 근처에 있던 소림의 승려들이 돕지 못한 것도 그렇고, 여러모로 혼자서 계획을 짰다기보다는 누군가에게 몸을 의탁하고 명을 받는 것 같다고 하더군요."

진몽효는 놀란 눈으로 진몽화를 바라보았고, 그녀는 고개를 끄덕여 그 말에 확신을 주었다.

"……그런 일이 가능하다니."

진몽효는 믿기 힘들다고 하였으나, 그건 그거고 자신이 내려야 할 명령은 칼같이 전달했다.

"능 대주."

"예, 가주!"

진몽효가 부르자 해검대의 대주 능소가 절도 있게 답했다.

"좌우를 경계해 주십시오."

"명 받들겠습니다."

한 번 명이 떨어지자 이백여 명이 넘는 대인원의 분위기가 달라졌다.

정면은 건소길과 진몽효를 포함한 간부들이. 좌우와 후면은 해검대와 건무대가 나누어 지키니 순식간에 주변은 긴장의 끈이 팽팽하게 당겨졌다.

한데 그렇게 두 시진 동안 대강(大江)을 따라 달리자 함께 가던 무인들이 하나둘 지치기 시작했다.

'공격해 오지 않는 건가? 조금 쉬어가도 괜찮은 걸까?'

건소길은 잠시 고민하다가 손을 들어 올렸다.

"잠시 쉬었다 가죠."

"정지—!"

건무대주 주철이 명하고, 옆에 있던 진몽효가 해검대를 멈춰 세웠다.

무공이 좀 떨어지는 평무대 무인들은 물론이고, 건무대와 해검대도 지쳐 있던 상황이라 모두 재빨리 자리를 잡고 앉아 목을 축이고 숨을 몰아쉬는 데 여념이 없었다.

"오라버니."

그때 진몽화가 다가와 은밀한 목소리로 말했다.

"정찰이 필요해요. 장 아저씨께 부탁을 해도 될까요?"

건소길은 그 말에 장일봉이 있던 곳을 흘끗 쳐다본 뒤 고개를 끄덕였다.

"이미 가셨어, 몽화."

"네? 벌써요?"

"자신이 해야 할 일이 무엇인지는 귀신같이 아는 분이니까. 멈춰 서자마자 이동하시더라고."

실제로 장일봉은 무리가 멈춰 서자마자 동쪽의 가장 높은 나무가 있는 방향으로 이동하였다. 건소길이 예의주시하지 않고 있었다면 영락없이 놓쳤을 만큼 은밀하고 재빠른 움직임이었다.

"과연, 무림에서의 경륜은 허투루 쌓이는 게 아닌가 봐
요."

"그럴 거야. 원래는 대단한 분이시니까."

"어느 쪽으로 가셨는지 혹시 보셨나요?"

"동쪽. 나무에 오르려고 가신 듯해."

진몽화는 귀엽게 미간을 좁히며 동쪽을 응시하다가 이
내 고개를 끄덕였다.

"협곡이고, 위로 솟아 있어서 전후좌우를 다 살피기 좋
은 지형이네요."

"그래?"

몽화가 그렇다면 그런 것이다. 건소길은 그저 묵묵히
고개를 끄덕였다.

"도련니이임―!"

"어?"

한데 얼마 지나기도 전에 정찰을 나갔던 장일봉이 다급
한 목소리로 빠르게 돌아왔다. 어찌나 다급했던지 신법조
차 숨기지 않은 채다. 주변에서 쉬고 있던 모두가 고절한
신법에 놀라 눈이 휘둥그레졌다.

"큰일 났습니다. 도련님!"

"무슨 일이에요?"

"이괴와 그 제자들입니다!"

"벌써……?"

건소길은 물론이고 진몽효와 다른 간부들의 얼굴도 굳어졌다.

"내일 오후까지 시간을 주겠다더니……!"

"제기랄 괴이한 연놈들. 역시나 믿을 수가 없구나!"

의혹과 공포가 사람들의 얼굴을 뒤덮었다. 모두가 혼란에 빠진 사이, 가장 냉정하게 판단한 것은 역시나 진몽화였다.

"장 아저씨. 방향이 어느 쪽이었죠?"

"저희가 지나온 길을 따라 다가오고 있었습니다, 아가씨."

"그럼 관도를 따라온다는 이야기인데……."

진몽화는 진중한 얼굴로 동쪽의 숲과 하늘에 떠 있는 별의 모습을 확인한 뒤 고개를 저었다.

"싸워서는 안 돼요. 빨리 이동해야 해요."

건소길은 두말하지 않고 벌떡 일어나서 사람들에게 외쳤다.

"이동합니다!"

바닥에 앉아 쉬고 있던 무인들이 짜증과 분노가 섞인 얼굴을 하며 짐을 챙겨 일어섰다. 지휘부를 향한 분노가 아니다. 쫓아오는 이괴와 그 일당에게 분노가 치밀기 시작한 것이다.

"몽화, 우리가 이동할 방향은?"

"대강(大江)을 건너야 해요. 강까지만 가면 정주부의

관군이 있으니 도움을 받을 수 있을 거예요."

"낙양의 관군이 손을 쓰지 않았는데…… 정주의 관군은 우리를 도와줄까?"

"정주는 북경과 남경을 잇는 물길의 요충지예요. 수군제독인 위지헌 장군이 주둔하고 있는 곳이니, 강호의 입김이 닿지 못하죠."

수군제독 위지헌은 명제국의 동부와 남부에서 심심치 않게 출몰하는 왜구들을 수없이 격퇴한 명장 중의 명장으로, 종종 길거리 경극의 소재가 될 만큼 인망이 있는 사람이었다.

그런 사람이 강호의 무인들에게 휘둘릴 리가 없다.

머릿속에는 황제와 도성을 향한 충성심만 가득할 것이다.

"동북으로 갑니다. 서둘러요!"

건소길은 사람들을 데리고 이동하기 시작했다.

이괴와 그 제자들이 보이기 시작한 것은 그로부터 반 시진 후. 관도의 지평선 끝에서 나타난 그들은 놀랍도록 빨리 뒤를 쫓아오고 있었다.

건소길은 장일봉, 진몽효, 주철과 함께 뒤쪽 후방으로 물러났다. 전방의 지휘는 진몽화가 맡기로 했고, 해검대의 대주 능소는 혹시 모를 상황에 대비해 좌우를 방비했다.

"이놈! 소길아! 거기 서 봐라!"

마치 아는 어르신처럼 이름을 불러 대는 최만궁을 향해

건소길은 인상을 쓸 수밖에 없었다.

"왜 쫓아오는 것이오! 이야기가 다르지 않소!"

"상황이 달라졌다. 네놈을 잡아야겠어!"

"허! 말과 행동이 이리 다르니. 별호에 괴(怪)자가 붙는 것도 당연하군!"

"시끄럽다! 사혈성의 괴물들이 나타났는데 나보고 어쩌라는 거냐!"

"……?!"

건소길은 힐끔 뒤를 돌아보았다. 이괴와 그 제자들 사이에 사혈성의 무인은 보이지 않았다.

"거짓말하지 마시오! 사혈성이 왜 나를 쫓는단 말이오!"

"젠장, 내가 알게 뭐냐! 그분이 너를 보고 싶다는데!"

달려가고 있던 모두가 이 말에는 충격을 받았다. 건소길의 말에도 설마설마 했었는데, 이괴에게 지시를 내리는 자가 있다는 말이 이제는 확실해진 것이다.

"그럼 나만 있으면 된다는 것이오? 다른 사람들은 필요가 없고?"

"……그, 그렇다!"

최만궁은 거짓말은 못하는 성격이었다. 자기가 거짓말을 하고 있다는 걸 온몸으로 드러내니 오히려 허탈할 정도였다.

"형님! 사람들과 함께 걸음을 멈추지 마십시오!"

진몽효가 알았다는 대답을 미처 하기도 전에 건소길은

땅바닥을 박차고 옆으로 튀어 나갔다.

뒤가 아닌 옆.

무려 삼 장 거리 가까이 옆으로 나가더니, 갑자기 같은 속도로 다시 안쪽으로 파고들었다.

자연히 그곳은 이괴와 그 제자들의 중간 지점이 되었고, 찰나간의 혼란을 놓치지 않은 건소길이 가장 선두에 있던 최만궁의 수석제자 장춘의 옆을 노렸다.

"헛!!"

급작스런 공격에 장춘은 당황하며 손을 뻗었고, 부지불식간에 벌어진 일이기는 하나 우슬(右膝)에 파미각을 시도하며 다리를 쭉 찢어 반격했다.

파팟!

"엇……!"

하지만 건소길은 위로 번쩍 뛰어올라 피해 낸 후 수도일참(手刀一斬). 뇌전이 번뜩이는 강력한 일격이 머리를 쪼개 갔다.

빠각!

"크악……!"

최만궁의 수석제자 장춘은 외마디 비명을 지르며 바닥을 나뒹굴었다. 반으로 뚝 부러진 왼팔이 덜렁거렸다. 그나마 본능적으로 팔을 들어 올려 막지 않았다면 정말로 그의 머리가 쪼개졌을 것이다.

"이노옴!!"

188

갑작스레 당한 기습에 수석제자가 당했으니 최만궁이 분노하는 것도 당연할 터.

한데 분노한 최만궁이 달려들자 건소길은 재빨리 다시 도망가기 시작했다.

"이, 이놈이—!"

아무리 천하에 손꼽히는 무인이라고 해도 맞서 싸우는 무공과, 도망치는 신법의 수준은 다른 법이다. 아무리 덩치가 큰 곰이라도 하늘을 지배하는 매와 싸우면 싸움이 안 되는 법 아니겠는가.

건소길의 신법은 최만궁의 신법보다 배는 더 빠른 것 같으니 도저히 잡을 수 있을 것 같지가 않았다. 잠시 얼굴이 붉으락푸르락하던 최만궁은 이내 건소길로부터 시선을 돌려 그 옆의 무인들을 향했다.

"이건 어떠느냐!"

맹수처럼 뛰쳐나온 최만궁의 좌장이 후방을 지키던 건무대를 향해 날아간다.

종선추두(從渲追頭).

선을 쫓아 머리를 노린다.

위력이 강하지는 않지만, 밑에서 비스듬히 올려치는 데다 인(引)의 묘리가 깃들어 있어서 상대를 적중하는 데는 최적의 초식이었다.

건소길은 앞으로 나서서 막고 싶었으나, 어느새 재빨리 다가온 봉일래가 그런 그를 뒤쫓고 있어서 도저히 움직일

틈이 없다. 그런 최만궁을 막아 낸 것은 장일봉.

한때 귀영신도라고 불렸던 대륙 최고의 괴도가, 축지법처럼 눈앞에서 나타난 것이다.

"어엇!"

최만궁이 놀라는 것도 무리가 아니다.

장일봉의 신법은 경지에 올라 있어서, 두 눈으로 보고 있으면서도 믿기지가 않을 정도였다. 눈앞에서 번쩍 나타나 얼굴로 정권을 날리는 듯싶더니, 어느새 빙글 뒤로 돌아 무릎 뒤를 걷어차고 있었다.

"이 늙은이가아아!"

상대방을 눈으로 쫓을 수 없었던 최만궁이 선택한 것은 광범위한 무공 난사였다.

이원권 중 위력적인 초식이 다 튀어나왔다.

내딛는 진각이 바닥을 부수고, 내뻗는 권격이 주변 일장 범위를 뒤덮었다.

콰과광!

사방으로 충격파가 비산했다. 뒤따르던 괴랑대와 홍화대가 놀라서 흩어지고, 박살난 관도는 거미줄처럼 줄이 갔다.

"위. 위!"

누군가가 소리치는 것과 동시에 최만궁의 정수리 위. 합장하듯 양손을 모은 장일봉이 번개처럼 아래로 내려찍으며 떨어져 내렸다.

파앙!

허를 찌른 게 분명했음에도 불구하고 최만궁은 과연 천하이괴라고 불릴 자격이 충분했다.

좌장과 우권.

왼손은 쭉 펴고, 오른손은 주먹을 쥔 채 양손을 모아 허공에서 내려찍은 쌍수를 잡아 낸 것이다.

"잡았…… 허어!"

최만궁이 잡았다고 좋아하며 일갈하려던 찰나, 장일봉의 모습이 신기루처럼 스르륵 사라져 버렸다.

이형환위다.

분명 눈앞에 있었고, 손이 맞닿는 감촉까지 있었거늘.

어느새 장일봉은 저 앞에서 도망가고 있는 건씨세가 떨거지들과 합류해 있었다.

"이…… 이! 이놈드으을!!"

최만궁이 분을 못 참고 길길이 날뛰는 것도 당연했다.

옆에서 건소길을 쫓으려다 다시 돌아온 봉일래가 그런 최만궁을 말렸다.

"잠시만 기다려 봐요."

"왜! 젠장. 저놈들을 찢어 죽이지 못하면 내 성이 풀리지가 않을 거야!"

"무리하게 쫓을 필요 없어요. 우리 인원을 반으로 나눠요."

"엉? 뭐하러?"

"내 말대로 해 봐요. 걱정 마세요. 실컷 날뛰게 해 줄 테니까."

"호오?"

최만궁은 분을 억누르며 봉일래의 얼굴을 살폈다. 착 가라앉아 있는 봉일래의 두 눈은 사냥감을 보는 맹수처럼 차갑게 빛나고 있었다.

"뭐하는 거지……?"

건소길은 후방을 지키며 달려가다 이상한 점을 발견했다.

괴랑대와 홍화대의 신법이 건씨세가 무인들보다 느릴 리가 없거늘. 이상하게 저들은 점점 뒤쳐지더니 언덕 너머로 힐끗 보일 때쯤엔 거의 선두의 몇 명만 보일 정도의 거리만 유지했던 것이다.

'이상해.'

정주부 군문(軍門)에 도착하려면 아직 반 시진 이상 남았다. 저쪽이 뭔가를 꾸미는 게 분명해진 이상, 이런 건 본능적인 육감에 따라야 하는 법이다.

때마침 자신들도 자그마한 언덕을 넘기 위해 올라가는 시점이었다.

"몽화!"

앞에서 사람들을 이끌던 몽화가 뒤를 돌아본다. 건소길은 눈이 마주치자마자 손을 좌측으로 향하며 입 모양만으로 외쳤다.

'변(變)! 향(向)!'

방향을 바꿔라!

이십 장(丈)이 넘는 거리였음에도 불구하고 그녀는 단번에 건소길의 의중을 알아챘다.

그녀는 앞쪽에 위치해 있던 조성연에게 뭐라고 말을 하더니 언덕을 넘어 내리막길이 시작되는 순간 무리의 진로를 좌측 오솔길 쪽으로 확 틀어 버렸다.

본래 방향을 조정하는 것은 선두의 권한이다. 이백여 명의 무인들은 아무 이견 없이 그대로 앞을 쫓아갔다.

"진 형님! 평무대를 잘 부탁합니다!"

"……!"

진몽효는 잠시 흔들리는 눈빛으로 건소길을 바라보다가 결국 고개를 끄덕이고 말았다.

진몽효 역시도 낙양 땅에서 내로라하던 수재.

스스로 미끼 역할을 자초한 건소길의 의중을 곧바로 알아챈 것이다.

"목숨을 걸고 지키겠다."

"믿습니다!"

수풀 사이 오솔길로 대부분의 인원이 빠져나가자 남은 것은 후방을 맡고 있던 건무대 마흔 두 명과 건무대주 주철. 병장기를 실은 마차를 이끌던 방득과 장일봉이었다.

"자아! 우리는 이제부터 전력을 다해 달립니다!"

파밧!

건소길이 땅을 몇 번 더 박차자, 순식간에 선두로 빠져나가 모두의 앞에 섰다. 낭랑하고 신뢰감 가는 목소리가 달리고 있던 건무대의 귓속을 파고들었다.

"무조건 달리십시오. 무슨 일이 벌어지든, 눈앞에 있는 적을 베고 달리기만 하면 됩니다. 막아서는 것들은 제가 다 무너뜨리겠습니다. 그 뒤를 전력을 다해 쫓아와 주셔야…… 모두가 삽니다. 저를 믿어 주세요. 꼭 모두 함께 정주부로 들어가고 말 겁니다!"

"오오오!"

많은 말은 필요 없었다.

어째서 앞을 막는 것들이 있냐는 질문도 없었다.

건무대원들은 환호했고, 사기는 충천하여 하늘을 찌를 듯했다. 언덕을 내려가 반 각 쯤 달렸을까.

뒤쫓던 무리들이 시야에 나타날 때쯤. 관도 우측의 수풀에서 백발을 휘날리는 단수괴녀 봉일래와 그 휘하 홍화대의 여인들 칠십여 명이 튀어나왔다.

"이것들아! 멈추고 순순히 항복…… 응?"

봉일래는 말을 하다 말고 눈살을 찌푸렸다.

"뭐야. 왜 이리 적……!"

"타핫!"

건소길은 달리던 기세를 조금도 멈추지 않고 봉일래를 공격해 들어갔다.

작게는 가문의 원수요.

크게는 낙양 땅을 짓밟으려는 도적이다.

등 뒤에선 건무대 마흔 두 명이 오로지 건소길의 등만을 바라보며 달리고 있다.

'나는 무너져선 안 된다. 날 믿고 따르는 사람들을 살리기 위해. 전력을 다해 쳐부순다. 나는 할 수 있어. 지금이라면 뭐든지 할 수 있을 것 같다고!'

사람을 이끄는 자의 책임감이란 이런 것일까.

천벌사신으로서 홀로 싸울 때와는 전혀 다른 기분이었다. 나를 믿고 의지하며, 내가 살려야만 하는 사람이 있다. 그 사실이 그에게 무한한 힘을 제공해 주고 있었다.

'진천뇌정신공.'

파드드득—

벌떼가 날아오는 듯한 떨림과 함께 그의 양손에 연노랑의 전류가 번뜩이기 시작했다.

'청류무한보(淸流無限步).'

팟, 하고, 건소길의 몸이 허깨비처럼 사라졌다.

마치 화선지에 물이 번지듯, 시야의 바깥쪽에서부터 세상이 회백색으로 변했다. 시간이 느려지는 듯한 감각이다.

기습을 하려던 봉일래는 아직 내공을 전력으로 끌어 올리지 않아 당황한 상태였다.

눈을 끔뻑끔뻑.

양손을 뒤덮은 서리는 아직 팔꿈치까지가 아니라 팔목까지만 올라와 있었다. 건소길은 봉일래의 앞으로 다가갔다. 무거운 물살을 헤치는 듯한 느낌이었지만 내공을 더 끌어 올려 버티며 봉일래의 중단(中丹)을 향해 검결지를 내뻗었다.

번뜩이는 뇌전과 함께 중단으로 다가가는 검결지.

그런데 그때, 봉일래의 눈동자가 움직이며 건소길을 포착했다. 마치 지진이 일어날 전조처럼 부르르 떨리더니 봉일래의 시선이 움직여 검결지를 내지르던 건소길과 눈을 마주쳤다.

섬뜩—

건소길은 등골이 오싹하며 온몸에 소름이 돋았지만, 내색하지 않은 채 한층 더 공격에 힘을 가했다.

스스슥—

가만히 멈춰 있던 봉일래의 양손이 각각 태극의 곡선을 그리며 건소길의 손을 붙잡아 갔다. 몸을 제대로 움직이지 못하는 상태인데도 손만큼은 빠르게 움직인다. 아니, 시간이 지날수록 온몸이 자유롭게 움직이기 시작했다. 한 번 인식하고 나니 건소길의 공격에 반응하고 있는 것이다.

'과연, 초절정고수는 다르구나……!'

건소길은 이를 악물고 전력을 다해 공격을 내질렀다.

드드드드—

회백색으로 칠해졌던 세상이 박살나며 다시 총천연색의 색깔이 되돌아왔다.

시간이 평소대로 되돌아왔다.

턱.

소수마공이 시전된 봉일래의 양손이 건소길의 손목을 붙잡았다. 단수괴녀라고 불릴 정도로 잔혹한 손속을 지닌 그녀다. 당장에라도 손목이 떨어져 나갈 것 같았지만, 천만다행으로 건소길의 공격이 조금이나마 빨랐다.

파지직!!

"……!!"

서리가 내려앉으려던 손목이 샛노란 뇌전과 함께 제 색깔을 되찾는다.

왼발의 족심. 좌슬(左膝), 요골(腰骨)을 지나 하단전에서 폭발하듯 증폭된 내기(內氣)가 검결지를 타고 날카로운 한 자루의 검이 되었다.

폭발하듯 터져 나가는 진기.

손목을 붙잡았던 봉일래의 양손이 떨쳐지고, 상복부, 명치 부근에 깊은 자상을 입은 그녀는 입에서 피를 토하며 뒤로 튕겨져 나갔다.

"사부님!!"

홍화궁 수석제자 배희희는 경악하며 황급히 봉일래를 부축했다.

"크억, 쿨럭! 쿨럭!"

상세가 깊은 듯 봉일래의 입에선 토혈이 그치지 않았다. 상복부를 수직으로 쭉 갈라놓은 자상. 게다가 깊숙이 파고 든 침투경(沈投逕)은 천하이괴로서 호신지공이 조금만 약했더라도 곧바로 절명할 수도 있었던 중상이었던 탓이다.

"이 비열한! 암습을 하다니!!"

배희희의 외침은 건소길에게 아무런 감흥도 주지 못했다.

정식 비무였다면 모르되, 낙양 땅을 뒤집어 놓은 도적과의 싸움에서 그런 말을 듣는 건 말이 안 된 탓이다.

파지직.

건소길은 아직도 뇌정진기가 충만하게 감싸고 있는 그의 양손을 내려다보았다.

'어제와는 뭔가가 다르다.'

세가에서 최만궁과 겨뤘을 때와는 전혀 다른 느낌이었다.

숨을 쉴 때마다 몸속에서 굽이굽이 흐르는 내력의 움직임도 그렇고, 그 내공의 힘을 받아 생겨나는 온몸의 활력은 그전까진 단 한 번도 느껴 본 적이 없는 패력(覇力)이었다.

어찌 이럴 수가 있는가. 온몸의 내력을 다 뽑아 쓰고 탈진해서 오히려 내상을 입은 상태였는데…….

사람들을 이끌어야 한다는 책임감 때문인지, 아니면 처음으로 겪은 고수와의 대련 때문인지. 어쨌거나 건소길은 무서운 속도로 성장해, 이제는 이괴에게 상처를 입힐 수 있는 수준까지 온 것이다.

"이 사부님의 원수! 이야아아아앗!"

달려드는 배희희의 소수마공은 절정에 근접해 있었으나, 봉일래조차 이겨 내지 못한 무공을 버텨 낼 리 만무하다.

건소길은 뻗쳐 오는 소수의 손목과 팔꿈치를 단타로 내려쳐 꺾은 뒤, 청류장대검(淸流長大劍) 단암(斷岩)의 초식을 펼쳤다. 왼손으로 반원을 그려 방어를 무너뜨리며 내려치는 우수(右手) 참격!

우직—

하는 파골음과 함께, 배희희의 쇄골과 관절 사이의 좌측 어깨가 부러졌다.

"까아아악——!"

귀에 거슬리는 비명이 시끄럽게 울려 퍼졌다. 건소길은 그녀의 우측 발목을 걷어찬 뒤 목덜미를 잡고 바닥에 내리꽂았다.

꽝!

단단한 관도가 움푹 꺼지며 배희희의 코와 입에서 핏물이 튀어나왔다.

"후우…… 비켜!"

건소길은 앞을 가로막는 홍화궁의 여인들을 때려눕히며, 제자의 부축을 받아 도망치고 있는 봉일래를 다급히 쫓아갔다.

봉일래를 쓰러뜨린 건 기습의 묘리를 이용한 요행에 가까웠다. 지금의 기회를 놓치면 봉일래는 절대로 쓰러뜨리지 못하리라.

"와아아아—!"

"쓰러뜨려!"

"찬하의 악한 계집들!"

건소길이 길을 뚫고, 건무대 사십여 명이 그 뒤를 쫓아 달리며 각자의 병기로 홍화대의 여인들을 공격했다.

기세라는 건 무섭다.

건씨세가에서 싸울 때는 손도 대기 힘들 만큼 무공의 격차가 컸으나, 지금은 검을 내뻗는 족족 상처를 입힌다. 커다란 함성 소리와 함께 그들은 홍화대가 가로막았던 길을 순식간에 돌파했다.

"방심하지 마라! 일격도 허용해선 안 된다!"

뒤따르던 주철의 외침은 기우에 불과했다.

봉일래가 단박에 쓰러지고, 배희희도 삼 초를 버티지 못한 채 쓰러졌으니, 지금의 홍화대는 전의를 상실한 지경에 이른 것이다.

"단수괴녀……!"

건소길은 안타까움과 초조함이 뒤섞여 홀로 중얼거렸다.

제자 한 명의 부축을 받으며 도망치는 봉일래는 이제 슬슬 내상이 조금 가라앉았는지 간간히 손을 뻗어 건소길의 무공을 막아 내고 있었다.

물론 정면으로 맞서 싸울 만큼 정상은 아니지만, 간간히 손을 뻗는 것만으로도 건소길의 공격을 가닥가닥 끊어놓으니, 그야말로 진정한 고수의 저력을 본 기분이었다.

"큭."

건소길은 다급한 마음에 뒤를 돌아보았다.

다행히 건무대원들은 잘 쫓아오고 있었다. 한데, 최만궁과 괴랑대도 이젠 거의 뒤에 닿아 있었다.

'전력을 다한다.'

파지직.

내공이 움직이는 것과 동시에 양손에서 샛노란 뇌전이 번뜩였다.

무릎을 거의 굽히지 않은 채 앞으로 내딛는 발걸음은 청류무한보. 땅을 박차고 과감하게 몸을 날리자 봉일래의 모습이 다시 가까워진다.

옆에서 부축하던 제자가 곧바로 출수하였지만 신경 쓸 필요는 없다. 건소길의 두 눈은 봉일래의 일거수일투족을 쫓고 있었다.

몸을 가누지 못한 채 비틀거리던 봉일래.

그녀의 발이 옆으로 비틀리며 강하게 땅을 내딛는 순간, 건소길은 물가의 잉어처럼 허공으로 솟구쳐 올랐다.

쉬익—!

섬뜩한 파공음과 함께 새하얀 소수가 허공을 갈랐다. 그사이 건소길은 허공에서 재주를 넘으며 봉일래를 뛰어

넘어 뒤에 내려섰다.

내뻗는 검결지.

번뜩이는 뇌전이 봉일래의 뒷목을 노렸다.

파지직!

"……!"

확신을 가지고 노렸건만. 내뻗은 손에 걸리는 것은 아무것도 없었다. 고개를 숙여 피해 내고 건소길을 돌아보는 봉일래였다. 피가 말라붙은 입술로 씩 웃는 그녀의 얼굴은 섬뜩함을 주기에 충분했다.

황급히 뒤로 물러서려고 하는데, 봉일래의 오른발이 건소길의 왼발을 안쪽에서 휘감았다. 옆으로 피하려 했으나 이미 적기를 놓쳤다. 날아오는 소수. 새하얗게 서리가 내린 양손이 건소길의 가슴을 동시에 강타했다.

"크억!"

속이 진탕되어 피를 울컥 뱉어 내려는데, 폐부가 싸늘해지며 냉기가 흘렀다.

차라리 뒤로 넘어져 버리면 좋으련만.

노련하게 다리를 걸어 붙잡은 봉일래는 자신이 잡은 기회를 절대로 놓치지 않았다.

파바밧!

새하얀 소수가 치고, 꺾이며 수십 번의 공격을 퍼부으니, 마치 눈앞에서 눈보라가 치는 듯 시야를 가득 채운다. 최선을 다해 막아 보려 했으나, 결국 막아 낸 것은 팔 할 정도. 나머지는 상하체에 골고루 적중되고 말았다.

"크억……!"

피부가 찢어지고 혈관이 터져 나가는 고통이었다. 건소길의 눈과 코에서 핏물이 주르륵 흘러내렸다. 다리가 풀리고 힘이 빠져나간다.

건소길은 아득해지려는 정신을 겨우 붙잡고 필사적으로 진천뇌정신공을 운용했다.

"클클, 애송이…… 쿨럭! 쿨럭! 이긴 줄 알았…… 크억. 컥, 쿨럭!"

이래서 초절정고수는 무섭다.

승리에 대한 집착과 질릴 정도의 끈질긴 생명력.

치명상을 입은 채 무공을 사용해서 곧 죽을 것처럼 보임에도 불구하고, 건소길에게 결정적인 타격을 입힌 것이다.

"큭…… 기다리고…… 있었나……?"

"클클, 애송이 녀석. 쿨럭! 쿨럭!"

계속해서 피거품이 섞인 기침을 하는 봉일래의 얼굴은 시체처럼 창백했다.

"공자!"

뒤따르던 주철과 건무대가 황급히 건소길을 부축했다. 건소길을 끌어안으며 검날은 봉일래를 향한다.

그러자 나머지 홍화대의 여인들이 그들 모두를 포위했다. 일촉즉발의 상황. 숫적으로도 열세인 상황에, 설상가상으로 뒤쪽에선 최만궁과 괴랑대가 점점 다가오고 있었다.

'큰일이다.'

건소길마저 암담함을 느끼는 상황.

기적은 바로 그때 시작되었다.

"공격하세요!"

와아아아—!

거센 함성과 함께 수풀 속에서 뛰쳐나온 자들은 진몽화를 선두로 한 해검대와 평무대였다. 선두에서 방득이 커다란 통나무를 끌어안고 달려 나오더니 이내 홍화대를 반으로 가르며 건소길을 향해 돌진했다.

홍화대로서는 거센 돌격을 정면에서 막기보다는 양옆으로 갈라지며 공격을 할 수밖에 없다. 좌우를 지키던 해검대는 홍화대의 신경질적인 반격을 쌍검으로 무사히 막아냈는데, 특히나 눈에 띄는 존재들이 있었다.

"아미타불!"

진몽화의 좌우에서 반장의 예를 표하며 강맹한 권격을 날리는 자들.

소림이다.

머리에 계인을 새긴 십팔나한들이 어느새 진몽화와 합류해 홍화대를 무력화시키고 있는 것이다.

"이럴 수가……!"

건소길은 놀라움을 감추지 못했다.

진몽화는 정말로 대단하다.

대체 어느 틈에 소림의 승려들과 소통해서 만날 수 있었단 말인가.

"쿨럭, 쿨럭. 이, 땡중들이……!"

한편 다급해진 것은 봉일래였다. 피를 토해 낸 그녀는 홍화대의 여인들을 이끌고 숲 속으로 물러나려 했다.

물론, 그걸 막아선 것은 건소길이다. 싸움에는 흐름이라는 게 있지 않던가. 지금은 명백히 흐름이 넘어와 있었다.

"쓰러뜨리십시오!"

모두에게 발해진 명령에 건무대, 평무대 할 것 없이 모두가 달려들어 홍화대 여인들을 공격하기 시작했다.

천하이괴의 무공을 이은 그녀들은 강했지만, 소림 승려들의 굳건함에, 숫적으로 열세의 상황까지 처하자 속수무책으로 무너지고 있었다.

하나, 둘씩 쓰러지더니 마침내 제각각 공격을 허용하며 차가운 바닥에 몸을 뉘였다.

"크윽, 안 돼!!"

봉일래가 안타까운 비명을 질렀으나 이미 늦은 일.

차라리 최만궁과 함께였다면 달랐을 것을. 괜히 전략적으로 수를 쓰다 당해 버리고 만 것이다.

"이, 이 애송이들이……! 멈춰라!"

한발 늦게 당도한 자.

최만궁이다.

그는 분기탱천하여 건소길을 향해 돌진하려 했으나, 각연 대사와 범오를 위시한 십팔나한의 승려들이 그의 앞을 가로막았다.

"아미타불!"

"멈추시오!"

손에 든 염주를 굴리며 불호를 내뱉는 각연 대사와, 그 옆에서 멈추라고 소리치는 범오.

천하의 최만궁이라도 멈출 수밖에 없었다.

소림의 각연 대사라면 천하십대고수는 아니더라도, 소림의 전대 무승들 중에 손에 꼽히는 고수인 것이다.

"숭산에나 처박혀 있어야 할 땡중이 뭐 주워 먹을 게 있다고 여기에 있는 것이냐!"

붉으락푸르락하는 최만궁의 시선이 각연 대사의 어깨 너머, 사색이 된 채 진몽화의 부축을 받고 있는 건소길을 향했다.

한편, 각연 대사의 옆에 있던 범오는 최만궁의 무례한 언사에 얼굴이 서릿발처럼 굳어졌다.

"시주는 말을 가려하시오! 그대에게 망언을 들을 분이 아니오!"

"허? 이놈 보게. 어딜 감히 언성을 높여? 젊은 땡중아. 너는 내가 누군 줄이나 아는 것이냐!"

버럭 소리치는 최만궁에게선 절정의 경지를 아득히 넘은 자만이 내뿜을 수 있는 강대한 기백이 뿜어져 나왔다.

거친 백발이 허공으로 치솟고 호안(虎眼)을 닮은 두 눈에선 사나운 광망이 뿜어졌다.

백 명이 있다면 백 명 모두가 공포에 질려 다리가 풀릴 만큼 강인한 기세.

실제로 소림승 뒤에 있던 평무대 몇 명은 다리가 풀려 주저앉고 말았다.

"내가 바로 파문장괴! 최만궁이다, 이놈아!"

쩌렁쩌렁한 외침에 설핏 얼굴이 굳어지는 범오.

하나 상대가 아무리 강한들, 기가 죽어서야 소림의 이름이 아깝다.

"본인이 누구든 무례한 것은 무례한 것이오. 다짜고짜 낙양에서 행패를 부릴 때부터 알아보긴 하였으나, 이제부터라도 행사를 조심하는 게 좋을 것이오."

"허? 행사를 조심하라? 내 누이가 저 꼴이 되었는데도!"

버럭 외치며 가리키는 손끝엔, 쿨럭이며 피를 토하는 봉일래가 있다.

언뜻 보면 매우 불쌍해 보이지만 상대는 단수괴녀다. 그럴 리가 없지 않은가.

"자업자득이 아니오?"

"무어라? 허허헛! 허허허헛!"

대소를 터뜨리는 최만궁.

웃음의 여운이 채 가시기도 전에, 이원권. 그중에서도

가장 사나운 초식인 파산쇄(破山碎)가 튀어나왔다.

산을 부수고 깬다는 말답게, 이원권의 초식에는 사선으로 회전하는 전사경이 깃들어 있었다.

기습이었으나, 범오는 미리 대비하고 있었던 듯 곧장 양손을 모으며 동자배불의 자세를 취했다. 그 자세에서 한순간 양손을 앞으로 크게 떨치니, 승복의 긴 소맷자락이 마치 방패처럼 전면을 차단한다.

소림일절. 반선수(盤禪袖)다.

소림의 무상한 공력에 쇠사슬로 엮은 천처럼 질기고 단단해진 소맷자락이 최만궁의 공격을 천천히 옥죄고 있었다.

쾅!

최만궁이 한 걸음을 더 내딛는다. 한층 더 강해지는 전사경에 하늘로 치솟는 좌장.

파파파팟!

투툭─

힘을 이겨 내지 못한 소맷자락이 점점 뜯어지는가?

한 치, 두 치, 세 치.

하지만 거기서 끝났다. 범오가 극성에 오른 반선수 일초로 이원권의 파산쇄의 경력을 모두 해소한 뒤 뒤로 한 걸음 물러선 것이다.

"후우우우……."

경력을 모두 해소해 낸 범오는 얼굴이 창백해진 채 길게

날숨을 내뱉으며 다시 동자배불의 자세로 돌아왔다.

재차 공격이 들어와도 언제든 막아 낼 수 있도록 다시금 준비한 것이다.

그야말로 공수가 균형 있게 완성되어 가는 무공.

소림 무력의 상징. 십팔나한이라는 이름이 아깝지 않았다.

"이놈……!"

최만궁의 얼굴이 신중해진 것도 이상하지 않다.

전력은 아니라지만 그래도 젊은 승려 혼자서 그의 일초를 막아 냈다.

그만한 나한들이 여덟이나 더 있는데다, 그 옆에는 장로의 칭호를 받은 각연대사까지 있다.

아무리 최만궁이 천하십대고수로 손꼽힌다 한들 열세를 느낄 수밖에 없는 것이다.

"이놈들이 이 년만 더 수련했어도……!"

힐끗 뒤를 보며 하는 말에는 회한이 가득했다.

"시주. 돌아가시겠소?"

각연 대사의 말에 최만궁은 잠시 고민하다가 버럭 소리 쳤다.

"일단 누이와 계집들을 내놔라!"

"……건 시주."

각연 대사가 몸을 돌려 건소길을 바라본다. 건소길은 그가 의미하는 바를 깨닫고 고개를 끄덕였다.

"아미타불. 길을 열어 주거라."

나한들이 절도 있게 길을 열어 주자, 홍화궁의 여인들은 봉일래와 부상당한 다른 제자들을 부축하며 밖으로 빠져나왔다.

"제길. 소림의 승려 놈들. 내가 이번엔 누이 때문에 참는다만, 너희는 대강(大江)을 넘지 못할 거다. 내가 그렇게 두지 않을 것이야!!"

버럭 소리친 최만궁은 제자들에게 소리쳤다.

"돌아가자!"

빠르게 쫓아왔던 만큼, 빠르게 사라져 버리는 천하이괴와 그 제자들이다.

건소길과 그 일행은 그제야 한숨을 돌릴 수 있었다.

제35장

월하천명(月下天命)

"아미타불. 세가를 돕지 못한 걸 용서하시오. 소승이 불민하여 관의 방해를 뿌리칠 수 없었소이다."

각연 대사는 진심을 담아 정중하게 사과하고 있었다. 창백한 안색으로 진몽화의 부축을 받으며 서 있던 건소길은 고개를 저었다.

"관에서 방해를 했다는 이야기는 몽화에게 들었습니다. 어쩔 수…… 없었겠지요. 저는 이곳에서 도와주신 것만 해도 감사하게 생각합니다. 큰 은(恩)을 입었어요."

당연한 거지만, 그도 인간인 이상 씁쓸함이 없을 수는 없다.

치열했던 전장. 그곳에 각연 대사와 십팔나한들이 와 주었다면 어땠을까. 그런 생각을 할 수 밖에 없다는 소리다.

십팔나한 중 한 사람이 최만궁의 일격을 막는 모습을 보고 얼마나 놀랐었는지 모른다. 사람들이 괜히 소림을 무림의 종주로 꼽는 게 아니다. 천하에서 열 손가락 안에 꼽히는 고수. 그런 고수의 일격을 파훼하고 막아 낸다는 건 아무나 할 수 있는 게 아니다. 한데 소림에선 젊은 승려 한 사람이 그걸 해냈다.

소림일절 반선수.

평생 잊혀지지 않을 충격적인 무공이었다.

"그리 말씀해 주시니 고맙소이다. 하나 일부러 낙양 땅에 머무르던 빈승이 정작 필요한 순간에 나가지 못했던 것이…… 천추의 한이 될 것 같소이다."

각연 대사는 진심을 다해 말했고, 건소길은 그저 고개를 끄덕이는 것밖에 다른 도리가 없었다.

"시주께선 앞으로 어떻게 할 생각이시오?"

각연 대사의 질문은 일행 모두가 가지고 있던 근본적인 의문을 짚고 있었다.

"복수해야지요."

"아미타불."

복수.

당연하지만, 또한 절로 불호를 내뱉게 만드는 단어였다.

"단, 지금은 아닙니다. 우선은 한적한 곳에 자리를 잡고 내실을 다질 생각입니다."

"무공을 연련하실 생각이시오?"

"그렇습니다."

건소길은 상처가 깊어 초췌한 안색을 하고 있었으나, 두 눈만큼은 기름을 잔뜩 부은 화로처럼 활활 타오르고 있었다.

"아미타불, 복수심은 칼날과 같으니. 아무쪼록 자신의 손이 베이지 않기만을 바라겠소이다."

각연 대사는 의미 깊은 조언과 함께 대강을 건너면 갈 만한 산사(山寺) 몇 곳을 말해 주었다. 대강까지 배웅을 해 주겠다고 하여 함께 움직이는데, 문제는 대강에 도착했을 때 벌어졌다.

"배가 하나도 없다니……!"

이쯤 되면 분노가 치미는 게 아니라 허탈할 정도다. 낙양 땅에서 쭉 이어지는 관도. 그리고 그 끝에 있는 나루터는 화마에 휩싸여 있었다.

사람이라고는 하나도 찾아볼 수 없고, 포구에 있던 배는 전부 불타 버렸다.

수평선이 보일 만큼 넓은 강에 가득한 것이 물이건만. 정작 선박들을 활활 태우는 불을 끌 수는 없다는 것이 참으로 희한했다.

"사숙, 이쪽입니다!"

그때 재빨리 흩어져 주변을 살피던 십팔나한들이다. 범

오가 외치는 곳에는 메케한 냄새와 함께 수십 구의 시신이
불타고 있었다.

"이런. 천인공노할……!"

평무교관 조성연뿐만이 아니다. 모두가 분노했고, 소림
승들도 나직이 불호를 외쳤으나 얼굴에선 노기가 사라지
지 않았다.

"일반 사람들에게까지 손을 쓰다니. 미리 길목을 차단
한 것도 놀랍지만, 이 정도로 과감할 줄은 상상도 못했네
요."

진몽화의 얼굴은 잔뜩 어두워져 있었다.

삼산포(三山浦)는 엄연히 대명제국의 지도에도 이름이
올라 있는 마을이거늘. 이런 곳을 이렇게 처참한 꼴로 만
들면 관가에서 가만히 있을 리가 없다.

당장에 관병들을 동원해 추적해 척살해야만 하는 것이
다.

"행위에 망설임이 없다. 어딘가 믿는 구석이 있어."

냉철한 판단력.

건소길은 성치 않은 몸임에도 불구하고 날카로운 눈빛
으로 사태를 파악하고 있었다.

"윗선에서 일을 은폐해 줄 사람이 없다면 이 정도로 과
감할 수 없지. 아무리 사혈성이라도 마찬가지야. 역모로
몰리면 살아남을 수 없으니까. 게다가 가장 큰 문제는, 그
정도로 영향력이 큰 자가 우리의 발을 묶으려고 했다는 점

이야."

건소길은 지형을 살피고 주변을 경계하도록 지시를 내렸다.

평무대 팔십여 명과 해검대 구십여 명이 곧바로 방어를 위해 자리를 잡고, 각각 열 명을 차출해 주변 십 리 가량을 살펴보도록 지시를 내렸다.

결과는 금세 나왔다.

관도를 거슬러 정찰한 평무대원이 삼백여 명의 무인들이 뒤를 쫓고 있다고 보고한 것이다.

"삼백이나……!"

건소길은 진몽화를 바라보았다. 하나 고개를 젓는 그녀. 그녀는 삼백 무인과의 싸움은 안 된다고 판단한 듯했다.

"상대가 누군지 모르는 상황에서 교전은 안 돼요. 각연대사와 나한 분들께서 돕는다 해도…… 상대는 아마 사혈성일 거예요. 보통 상대가 아니에요."

"……."

모두가 말을 잃는다.

사혈성.

구파일방 정파가 힘을 집결한 것이 무림맹이라면, 사도를 걷는 난폭한 자들을 모두 모아 놓은 곳이 사혈성이기 때문이다.

사파는 정파를 이길 수 없다?

그건 정의는 반드시 승리한다, 와 같은 민중의 희망에

불과하다. 실제로 사혈성은 무림 역사상 단일 문파로서 최강의 전력을 자랑하고 있는 상황이다.

야수회의 만수왕과 산괴방의 기련산왕, 무엇보다 무림 일절 탁탑마공을 익힌 대력우마존.

기인이사들이 모래알처럼 많은 강호무림에서도 최고를 논하는 쟁쟁한 이름들이다. 어찌 긴장을 안 할 수 있겠는가.

"그럼 방법은 하나뿐이군."

건소길은 드넓은 강물을 바라보았다. 그리고 강물을 따라 형성된 작은 소로를 눈에 담았다.

"강을 넘지 않는 방향으로 도주해야겠어. 진 형님. 괜찮으시겠습니까?"

진몽효는 고개를 끄덕였다. 아무래도 좋다는 듯했다.

"대사께선 어찌하시겠습니까?"

"소승들은, 뒤를 쫓는 자들과 접촉이 있을 때까지는 함께하겠소이다."

건소길은 감사함을 담아 고개를 숙였다.

각연 대사는 아무리 도주하더라도 결국은 따라잡힐 거라 판단했고, 따라잡히면 뒤를 막아 주려 하는 것이다. 상대가 사혈성이라는 것을 들었음에도 그렇다. 사실 소림과는 전혀 상관이 없는 일인데도 그렇다.

구파일방의 상징.

협(俠).

무림의 태산북두라는 명성은 허투루 생겨난 게 아니라는 것을 알 수 있는 부분이다.

"갑시다!"

건소길을 선두로 한 무인들은 곧바로 이동을 시작했고, 강변을 따라가며 대강의 상류 쪽으로 향하기 시작했다.

길이 워낙 좁은지라 백여 명이 넘는 인원이 조용히 이동하기는 매우 힘든 지형이었다. 안 그래도 지친 기색이 역력한 그들은 발이 푹푹 빠지는 좁고 험난한 길을 달렸고, 한 시진쯤 지나자 평무대원들 중 탈진하여 속도가 현저히 느려지는 사람들이 나오기 시작했다.

본래는 배를 타고 갔어야 할 길.

억지로 걸어서 움직이려니 벌어진 사태였다.

"도련님. 반 시진 안에 따라잡힙니다."

뒤쪽으로 정찰을 나갔던 장일봉이 조용히 말해 주었다.

건소길은 이를 악물었다.

피할 수 없다면 싸워야 한다. 하지만 이곳은 안 된다.

"조금만 더……! 조금만 더 힘을 냅시다!"

건소길의 격려에 무인들이 애써 힘을 내는 게 눈에 보였다. 일각의 시간이 지난 후, 지평선 끝쯤부터 먼지를 일으키며 쫓는 무리가 보였다.

서서히 드러나는 추격자들.

가장 앞에서는 사자처럼 머리를 기른 사내가 선두를 지키고 있었는데, 건소길은 그를 보는 순간 굉장한 충격을 받았다.

"……!!"

온몸에 소름이 끼친다.

보는 것만으로도 전신에 패배감이 들게 만드는 사나이.

아직 거리가 멀리 떨어져 있음에도 불구하고 사나운 시선이 꿰뚫어 보는 것을 선명하게 느낄 수 있었다.

도저히 감당할 수 없는 자라는 것을 대번에 알 수 있다. 세상에 천재도 많고 인재도 많다지만, 멀리서 상대를 보는 것만으로도 압도되는 사람은 그리 많지 않을 것이다.

'저자가 대력우마존……!'

이야기로만 들었던 인물이 눈앞에서 튀어나왔다.

아름드리나무를 뽑아 버리고, 철판을 손으로 찢어 버릴 수 있다는 무시무시한 괴물.

'상대할 수 없다.'

건소길은 곧바로 도망쳐야 한다는 것을 깨달았다. 그러기 위해서는 때와 장소가 중요할 터.

마침, 대강의 작은 지류를 넘어 마치 호리병처럼 입구가 좁고 안쪽이 넓은 지형이 나오고 있었다.

"이곳에서 끊는다."

건소길은 협곡을 지나자마자 대열에서 이탈했다.

"진 형님! 모두를 이끌고 이동해 주십시오!"

"너는……!"

"저는 여기서 길을 막습니다."

단호한 말투.

목숨을 건 강단에 모두의 눈빛이 흔들렸다.

"도련님!"

"공자!"

사람들이 만류해 보지만 소용없다.

큰 부상을 입은 건소길. 무공을 마음껏 전개할 상황이
아니나, 한편으론 많은 이들을 살리려면 그 방법밖에 없는
것이다.

"아미타불. 시주는 몸을 아끼시오."

"대사. 소림의 은혜는 영원히 잊지 않을 것이나, 이 싸
움은 저희의 싸움입니다. 소림의 희생을 볼 수는 없습니
다."

돌려 말했지만, 대력우마존과 싸운다면 소림승들도 필
패라는 것을 뜻함이다.

젊은 승려들의 얼굴이 설핏 굳어졌으나, 그들은 딱히
부정하지 못하고 침묵을 지켰다.

"허허, 걱정 마시오. 나이가 들면 느는 건 요령뿐이라.
사실 믿는 구석이 있어 남겠다고 하는 것이라오."

각연 대사의 얼굴은 장난스럽기까지 했다.

"믿는 구석……?"

"허허, 사혈성의 위세가 아무리 높다 한들. 아직 숭산
은 강호 무림의 북두이지요."

태산북두. 북숭소림.

사혈성이 아무리 강성해도, 아직 소림승들을 함부로 죽이진 못할 거란 이야기였다.

"게다가 시주는 시주를 따르는 사람들을 이끌어야 하지 않겠습니까?"

"예?"

건소길의 의문은 각연 대사의 시선이 가리키는 쪽에서 풀어졌다.

낙양제일지 진몽화.

그녀가 난감하게 웃으며 건소길에게 다가오고 있었던 것이다.

"소 랑(郞), 아직 이야기를 못했는데……."

뭔가를 이야기하려던 진몽화였으나, 그녀는 말은 다 끝맺지 못했다.

후방을 쫓던 자들 중, 무공이 높아 보이는 선두의 십여 명이 놀라운 속도로 달려와 어느새 협곡의 입구에 다다른 것이다.

"멈추시오!"

그 앞을 막아선 것은 각연 대사와 범오를 위시한 십팔나한들이다.

빠른 속도로 달려온 사내.

칠 척이 넘는 거대한 육신에 흩날리는 사자머리. 뭉툭한 코 위로는 호랑이보다도 더 매서운 안광을 내뿜는 사람이다. 그는 제자리에 멈춰 선 채 각연 대사를 지그시 응시하더니, 이내 각연 대사의 어깨너머, 건소길에게로 시선이 닿았다.

후와아아아아아—

"……!!!"

그 순간 허물을 벗듯 진정한 모습을 드러내는 사자머리의 사내다. 비상하는 용처럼 뭉클, 하고 치솟은 기세가 순식간에 주변을 잠식하고 있었다.

'숨을, 쉬기가…… 힘들다!'

마치 주변의 공기가 모조리 그를 향해 빨려 들어가는 듯한 느낌.

어마어마한 존재감에 모든 것이 그에게로 끌려가는 듯했다.

어찌 이런 사람이 있을까.

경탄. 또 경탄만 나올 뿐이었다.

"이것이…… 대력우마존……!"

똑같이 무림에서 열 손가락 안에 꼽히는 고수라고는 하나, 이괴를 만났을 때와는 느낌부터가 달랐다.

사파 최고를 논한다는 이존(二尊) 중의 한 명.

대력우마존의 존재감은 그야말로 천하에 달해 있었던 것이다.

"소림의 승려들이 나설 일이 아니다. 비켜서라."

거대한 몸집만큼, 낮으면서도 울림이 큰 목소리였다.

그 목소리만으로도 심력이 진탕되는 듯. 각연 대사는

나직하게 불호를 외웠고, 십팔 나한들은 하얗게 질린 얼굴로 급하게 염주를 굴렸다.

"불문의 승려라면, 모름지기 대자대비한 마음을 갖고 위험에 처한 사람들을 구해야 하는 것이오."

"위험에 처했다?"

"아미타불, 낙양은 이미 충분한 대가를 치뤘소이다."

뼈가 있는 말이다. 대력우마존의 눈썹이 꿈틀, 움직였다.

"어떤 생각을 갖고 있는지 모르겠으나, 나는 이곳에 피를 보러 온 것이 아니다. 한 사람의 부탁으로 한 사람을 데리러 왔을 뿐."

"아미타불. 그 시주가 가기 싫다 하면 어찌할 것입니까?"

"억지로 데려가야 할 테지."

각연 대사와 십팔나한들이 앞을 가로막고 있는 것이 빤히 보임에도 불구하고 그런 말을 내뱉을 수 있다는 것.

놀랍다.

그 말만으로도 대력우마존의 그릇을 볼 수 있다. 소림과 일전을 벌여도 상관없다는 배포가 있으니 그런 말을 할 수 있는 것이다.

"억지로 데려가려는 것부터가 힘을 가진 자의 패악이고 횡포인 것이오. 자제하시는 게 어떻겠소? 이들은 그저 환란을 벗어나려 할 뿐이오."

"허, 이젠 나에게 충고까지 하는 건가."

각연 대사의 말이 마음에 들지 않았던가.

대력우마존은 앞으로 한 걸음을 더 내딛었고, 그것은 그대로 더한 압력이 되어 모두를 짓눌렀다.

"커허……!"

가까이 다가오는 것만으로도 앞쪽에 있던 무인 몇 명이 숨을 헐떡이며 몸을 부르르 떨었다.

어마어마한 존재감.

대력우마존이 눈을 가늘게 뜨며 씩 웃는 순간, 범오를 위시한 십팔나한들이 발작적으로 뛰쳐나갔다.

선인공수(仙人拱手)에 청룡파미(靑龍擺尾). 위타헌저(韋陀獻杵)에 철우경지(鐵牛耕地). 십팔나한공의 유명한 초식들이 제각각 뿜어져 나왔다.

각기 다른 초식을 사용하는 데도 마치 한 몸처럼 맞물리며 공격이 이루어지니, 이것이 소림일절 십팔나한진이다. 본래는 십팔나한 전원이 사용해야 하지만, 나머지 아홉의 빈자리는 가장 앞쪽에 있던 각연 대사의 힘으로 채웠다.

"하하하핫!"

대력우마존은 십팔나한진을 앞에 두고 큰 소리로 웃었다.

내력이 깃든 웃음이 상대방의 심혼을 뒤흔드니, 그 웃음만으로도 이미 하나의 음공이나 다름없었다.

잘 짜인 그물망 같던 나한진이 찰나간 흔들린다.

대력우마존은 그 흔들림을 놓치지 않고 내공을 끌어 올렸다. 뿜어지는 존재감. 양손, 양팔이 마치 쇳덩이처럼 번들거리는 묵색으로 뒤덮인다. 대력우마존은 그 상태로 기묘하게 꺾은 장타를 날려 왔다.

뻐억!

물을 가득 채운 가죽 주머니를 몽둥이로 두드리면 이런 소리가 나지 않을까.

가장 앞 정면에서 철우경지(鐵牛耕地)를 펼쳤던 소림나한승이 헛바람을 들이키며 뒤로 튕겨져 나갔다.

"범지!!"

당대 십팔나한의 수장. 범오가 다급한 목소리로 외쳤다.

얼굴이 시뻘게진 채 가슴을 붙잡고 쓰러진 범지 승려. 괴로운 듯 꿈틀거리고는 있으나 목숨은 무사하다.

안심도 잠시.

곧바로 이어지는 대력우마존의 쌍장타에 이번엔 위타헌저의 범개와 선인공수의 범정이 허공으로 튕겨졌다.

"이럴 수가……!"

범오는 경악을 감추지 못했다.

쌍장타 이후 한쪽 다리를 들어 올리는 금계독립의 자세는 마치 거대한 탑이 서 있는 것처럼 굳건하고 강인하다.

손바닥 위에 탑을 쌓았다는 전설의 탁탑천왕마냥 층층이 힘이 쌓여 가는 강력한 패공(覇功). 대력우마존의 탁탑마공은 상대하면 상대할수록 더더욱 강해지는 것이다.

"스으으으읍—!"

숨을 크게 들이쉰다 싶더니 대력우마존의 가슴이 풍선처럼 부풀어 올랐다.

쿠와아앙—!

번개처럼 터져 나간 세 번째 오른 주먹 정권(正拳)은, 놀랍게도 백보신권 이상의 거대한 공진을 만들며 십팔나한 여섯 명이 울컥, 피를 토하며 쓰러지도록 만들었다.

평생을 소림사에서 각고의 연련을 한 무인들이건만······ 대력우마존에게 쓰러지는 모습을 보면 놀랍다 못해 허탈할 정도다.

남은 것은 각연 대사와 범오뿐.

모두가 바닥에 쓰러져 일어나질 못하니, 불과 삼 층까지의 공력만으로도 나한진을 파괴한 것이나 다름없었다.

"하압!!"

나한진이 파괴되었다면 이번엔 소림의 무공이다.

각연 대사의 두꺼운 왼손 검지가 섬전처럼 대력우마존의 요혈을 찔러 가니, 불문에 대한 깨달음이 깊을수록 더욱 강력해진다는 일지선공(一指禪功)이다.

대력우마존이 처음으로 앞으로 진격하던 것을 멈춰 섰다. 비록 파리를 쳐 내듯 가벼운 일수로 일지선공을 막아 내긴 했으나, 그래도 걸음을 멈춰 세운 것만으로도 큰 수확이다.

범오는 그 틈을 노렸다.

마치 다리를 찢듯 한쪽 발을 쭉 뻗으며 다가가 휘돌리는 양손.

놓치지 않고 공격해 오는 탁탑마공과 정면으로 마주함에도 밀리지 않는다.

팡! 쿵쿵! 퍼벅!

"흡……!"

다섯 번의 공수교환 후 남은 것은 돌바닥에 선명히 새겨진 범오의 족적이다. 힘을 미처 다 해소하지 못하고 충격을 받았다는 증거였다.

"호오. 대력금강장(大力金剛掌)인가."

대력우마존의 목소리엔 흥미가 생겨 있었다.

"내 힘을 맞받다니 제법이다. 몇 성이나 익혔나?"

"……."

"대답하지 않을 건가?"

"아미타불."

범오는 나직하게 불호를 한 번 외웠을 뿐, 대답하지 않았다.

"쯧쯧, 자존심을 세우다니. 무공만 익히느라 불도는 뒷전이었던 모양이야."

"……."

범오의 얼굴이 시뻘게졌다.

화를 다스리려는 듯 나직하게 숨을 내뱉는 범오. 그의 양손에서 벌떼가 움직이는 듯 웅웅거리는 울림이 흘러나왔다.

"범오야, 마음을 다스려라."

"……예."

그런 범오를 말린 것은 각연이었다.

'유능제강이 세상의 법도라고는 하나, 극에 이른 강공은 강공으로만 받아야 할 때도 있는 법. 범오의 자질이 나보다 낫구나.'

똑같은 소림의 무공을 익히더라도 재능에 따라 연련의 정도가 달라지는 법이다.

애초에 적을 잘못 상대했다는 것을 깨닫는 각연 대사.

그의 발이 바닥에 커다란 원을 그리는가 싶더니, 두 눈에 강렬한 빛을 품고 대력우마존의 정면으로 짓쳐 들었다.

팡! 파파팡!

각연 대사의 공격은 장법.

대력우마존의 공격 또한 장법이다.

활짝 펼친 손바닥들이 서로의 몸에 닿을 듯 말 듯하며 치열한 공방전을 펼쳤다. 장법이란, 본디 손바닥 장심(掌心)이 닿을 때 최고의 위력을 발휘하는 법. 채찍을 휘둘렀을 때 끝부분에서 팡! 하고 큰 충격이 생기는 원리와 같다.

그래서 그런지, 두 사람은 장심이 닿기 직전 팔목을 밀어내면서 자신의 장심을 상대방의 몸에 닿게 하기 위해 노력하고 있었다.

직선으로 강력하게 밀어붙이는 것이 대력우마존.

거세게 회전하며 주변을 장악해 버리는 것이 각연 대사다.

휘돌아 내치는 손. 한 번 공격하면 공격을 끝낸 여력이 돌고 돌아 다시 한 번의 공격으로 변화하니. 그 안에 삼생의 연과, 인연의 깨달음이 담겨 있다.

"대윤회겁륜장(大輪廻劫輪杖)인가!"

대력우마존의 목소리엔 즐거움마저 담겨 있었다.

그 또한 소림일절.

대력금강장과 함께 패력무쌍한 무공으로는 세 손가락 안에 드는 절공이 아니던가.

대력우마존은 이 대 일의 격전임에도 즐겁다는 듯이 웃으며 앞으로 나섰다.

탁탑마공. 내려찍는 추장(椎掌)에 대윤회겁륜장이 흔들리고, 내뻗는 쌍장(雙掌)에 대력금강장이 밀려났다.

막강한 무공.

나한승에 소림장로라면 강호 어디를 가든 절정고수 대접을 받지만, 상대가 천하에 이르는 무인이라면 이 대 일이라고 한들 열세를 느낄 수밖에 없다.

꽝!

결국 다시 한 번 뻗어 나온 탄권(彈拳) 일 초에 내상을 입고 물러서는 두 사람의 입에선 혈흔이 내비쳤다.

"소림으로는 이 몸을 막지 못한다! 비켜라!"

거칠 것이 없는 기도. 막강한 무력이 줄기줄기 뿜어 나오며 소림승들을 밀치고 다가왔다.

어쩔 수 없는가.

건소길이 나서려고 할 때였다.

거미줄처럼 얽히고설킨 것이 바로 강호의 인연이라. 건소길은 과거에 행했던 일이 현재로 돌아오는 놀라운 경험을 할 수 있었다.

두두두두두—

"어이!"

협곡을 쩌렁쩌렁하게 뒤흔든 말발굽 소리와 함께 다가온 자들은 과거, 은(恩)으로 엮여 있던 갈마단이다.

선두에 선 용호.

놀라운 기마술로 장애물들을 쉽게 피하더니 순식간에 건소길이 있는 곳까지 다가왔다.

"여어, 은혜를 갚을 때가 빨리 왔구만그래!"

천하에 거칠 것이 없는 듯한 호한. 입은 은혜는 꼭 갚아야 직성이 풀리는 호쾌한 사내가 바로 용호다.

그는 위풍당당하게 나서던 자세 그대로 굳어 버린 대력우마존을 힐끔 쳐다보더니 그를 따라온 삼백여 명의 갈마단에게 외쳤다.

"사내라면 받은 은혜는 갚아야 하는 법! 낙양의 무인들을 '그곳'까지 호위하라!"

"예!"

갈마단은 어느 군문 못지않은 절도를 보여 주며 건씨세가와 해검진가의 무인들을 한쪽으로 이동시키기 시작했다.

"대길이! 아니, 아니지. 건 공자. 명령을 내려 주시지? 사람들이 우물쭈물하고 있잖아?"

그리운 얼굴이 또 있다.

맹 두령.

갈마단에 잠입했을 때 한 가족처럼 대해 준 사내다. 여전히 건장한 체구. 위풍당당하게 씩 웃는 모습에선 타고난 배포가 느껴진다.

"이동하십시오. 저희는 지금부터 용 대협과 행보를 같이 합니다."

"대협은 무슨."

용호는 손사래를 치더니 말에서 훌쩍 뛰어내렸다.

그리고 대력우마존의 앞으로 천천히 걸어가는 용호.

고마운 일이긴 하지만, 갈마단이 대체 왜 갑자기 나타난 건지 이해할 수 없었던 건소길은, 이내 옆에 있는 진몽화에게로 생각이 닿았다.

그러고 보니 조금 전, 대력우마존이 나타났을 때도 그녀는 무슨 말을 꺼내려다가 못하지 않았던가.

"몽화, 설마……?"

"네. 용 단주님께는 미리 전서를 넣어 두었었어요."

기억을 더듬는 건소길.

앞으로 나아갈 방향을 상의할 때, 진몽화가 장일봉에게

서신을 맡겼던 것이 생각났다.

"그때부터……?"

이미 그때부터 이런 상황이 올 것까지 생각했었다는 뜻이 아닌가. 진몽화의 혜안에 감탄을 아니 할 수가 없었다.

한편 용호는 대력우마존의 앞으로 다가가고 있었다.

마침내 마주 보는 두 사람.

용호의 체구도 크지만, 대력우마존보다는 세 치 정도 작다. 물론 그렇다 해도 둘 다 칠 척의 거한이니 어느 한쪽이 작게 느껴지진 않는다.

잠시 간의 침묵이 흐르고, 먼저 입을 연 것은 용호였다.

"오랜만이야, 아버지."

"……."

협곡에 등장한 이후에 처음으로 말문이 막혀 버린 대력우마존이다.

숨 막히는 경이가 함께했다.

대력우마존에게 아들이 있었던가.

소림승려들은 물론이고, 건씨세가와 해검진가의 사람들도 관심을 기울였다.

"네놈. 앞으로 살면서 사혈성과 부딪치는 일은 없을 거라 하지 않았던가?"

"하하, 인생이 뭐, 마음먹은 대로 되나? 게다가 은인을 괴롭히는데 아무리 아버지라도 가만히 둘 수가 있겠어?"

"은인이라……?"

"내 갈마단을 구해 주었으니 목숨의 은인이야."

"그깟 장난. 아직도 하고 있었더냐."

"장난?"

꿈틀.

긴장했으나 긴장하지 않은 척.

웃으면서 말을 잇던 용호의 눈썹이 역팔자로 치솟았다.

"갈마단은 장난 따위가 아니야. 내 삶의 목적이지."

"파락호 몇을 모아 도적질 하는 게 삶의 목적이다? 그 몸에 흐르는 피가 아깝다. 자결하라."

"하? 자결이라니?"

용호는 코웃음쳤다.

"자결은 아버지가 해야지. 천하 무림의 태양이 될 거라던 말은 어쩌고, 어디서 나타난 건지도 모르는 놈 하나의 말에 낙양 땅까지 쪼르르 달려와? 대의는 어쩌고? 부끄러워서 피를 뽑아 버리고 싶은 것은 나야."

"이놈……!"

막말에 패륜이다.

하나 용호 부자는 유학의 정의만으로 평가하기엔 어려운 구석이 있었다.

대의를 논하고 천하를 말한다.

두 사람의 그릇이 그 정도로 크기 때문이다.

"비록 마적이라는 이름을 달고 있지만, 난 갈마단을 키움에 있어서 하늘을 우러러 한 치의 부끄러움도 없어. 갈마단은 존재 자체로 대의이며! 작금의 냉혹한 하늘 아래 민초들이 기댈 수 있는 최후의 보루가 될 터이니!"

하늘을 우러러 당당한 자. 그 어떤 고난이 와도 불굴의 의지로 뚫고 지나갈 수 있는 법이다.

그 의지와 기세를 느낌인가.

대력우마존의 얼굴에도 놀란 기색이 역력하다.

침중해지는 그의 눈빛. 용호의 내실을 꿰뚫어 볼듯 두 눈이 강렬한 빛을 발하지만, 이미 그의 아들은 상상 이상으로 성장해 있어 속을 읽을 수가 없었다.

"너는…… 정말로…… 변했구나."

말을 머뭇거리는 대력우마존의 목소리에, 뒤쪽에서 따라오던 사혈성의 무인들이 모두 못 볼꼴이라도 본 듯 고개를 옆으로 돌렸다.

패력의 대력우마존.

평생 어떤 일이 건 간에 정면으로 부숴 버렸던 무신이건만. 그도 사람인지라 자식 일에서는 자유롭지 못한 모양이었다.

"그 기상, 그 신념, 사혈성에서 썼으면 안 되었던 것이냐?"

분노가 아니라 안타까움이 가득했다.

처음으로 보는 아버지의 약한 모습에선 용호도 자유롭지 못한 것일까.

그는 잠시 머뭇거렸지만, 이내 가슴속에 항상 담아 왔

던 말을 내뱉었다.

"무림에서 가장 강하다는 삼패라고는 하나, 신념도 덕도 없는 것은 오직 사혈성뿐이며! 민초들은 신경 쓰지 않고 오로지 무공만을 탐닉하니 당연하게도 악인들이 즐비하다. 그러니 사혈성을 근간부터 뜯어고치지 않는 한, 영원히 최고가 될 수는 없을 터! 사혈성은 없어져야 할 문파다!"

용호의 낭랑한 외침에 이번엔 대력우마존의 뒤에 서 있던 사내들의 얼굴에서 분노가 떠올랐다.

틀린 말은 아니다.

그들 역시도 자신이 사파고 세간의 인식으로 볼 때 그리 좋지 못한 사람들이라는 걸 안다. 하나 그 말을 직접 듣고 기분 좋을 사람이 누가 있겠는가.

"그것이 네 길이더냐?"

"그래, 내 길이야."

민초들을 구하는 협의.

분명 사혈성과는 맞지 않는 일이나, 또한 그만큼이나 어울리는 일도 없었을 텐데.

대력우마존은 안타까운 마음을 진하게 담아 고개를 설레설레 저었다.

"멍청한 녀석."

"……."

"없으면 만들고, 부족하면 채워 넣으면 되는 것을. 그리고 한 곳에 모아 두는 것에 의미가 있는 일이건만."

평소랑 달리 나직한 목소리에서 용호는 머릿속에서 번개가 치는 듯한 충격을 받았다.

함께 산 지 이십 년 하고도 절반이 더 지났다. 그런데 이제야 아버지가 생각해 온 큰 뜻이 뭔지를 알게 되었다. 평소에 만나기만 하면 서로 원수처럼 대립했기 때문이다.

'세상의 악인들을 모아 두는 것에 의미가 있다. 과연, 그렇게도 생각할 수 있는 것이구나. 놀랍다, 놀라워.'

하긴, 힘이 넘치는 악인들이 천지사방에서 서로 싸우고 난리를 친다면 피해를 보는 것은 힘없는 민초들뿐 아니겠는가.

그러니 모아 둔다.

악의 소굴이라는 말을 들을지언정, 악인들을 자신의 명령권 이내에 넣어 두고 다루는 것 자체가 누군가의 대의인 것이다.

'하지만…… 내 천명은 갈마단에 있다.'

마음이 흔들리는 것은 막을 수 없었으나, 이미 약관을 훌쩍 지난 나이. 스스로의 천명을 깨닫고 나아가고 있는 용호다.

그는 자신의 길이 사혈성과 같은 곳에 놓여 있지 않다는 것을 분명히 알고 있었다.

"아버지. 진작…… 이런 시간을 가질 수 있었다면 좋았을 거야."

이번엔 갈마단이 못 볼꼴을 본 것처럼 고개를 돌린다.

항상 유쾌하고 호쾌한 모습만 보여 주던 용호였기에, 진한 안타까움이 배어 있는 슬픈 모습은 도저히 봐 줄 수가 없는 것이다.

"하지만 늦었어. 갈마단은 이미 내 가족이고, 내 천명이야. 그리고, 아까 이야기했듯이 이상한 녀석 하나가 아버지 머리 위에 있는 꼴은 못 봐 주겠어."

"……후우."

천명을 말하는 자.

이미 한 사람의 사내가 되어 버린 아들놈이었다.

대력우마존은 온갖 종류의 감정을 한꺼번에 느끼는 듯 미묘한 얼굴로 고개를 저었다.

"그런가. 결국은 내 앞을 막아야만 하겠다는 이야기렷다?"

"당연하지. 아까부터 그리 말했잖아."

"알았다."

대력우마존은 용호의 어깨 너머 건소길에게로 시선을 주었다.

"거기, 꼬마. 네가 건소길인가?"

건소길은 진몽화의 부축을 잠시 밀어내고 스스로의 힘으로 버티고 섰다. 가정사야 어찌 되었든, 용호라는 은인의 아버지이자 무림의 거물이다. 예를 표해야 할 인물이었다.

"제가 건소길입니다."

"잘못 키운 아들놈보다는 낫군. 들어라. 어떤 사람이 널 보고 싶어 한다."

"그게 누구입니까?"

"여기선 말해 줄 수 없다."

건소길의 두 눈이 기광을 발했다.

그를 보겠다고 하는 자.

대력우마존에게 지시를 내릴 정도면 보통 인물이 아니리라.

아니, 그전에 그는 왜인지 상대가 누군지 알 것 같은 기분이 들었다.

"자미성과 관련이 있습니까?"

이번에는 대력우마존도 놀랄 수밖에 없는 바.

도대체 이곳에 있는 젊은이들은 얼마나 뛰어난 능력을 보여 주어야 속이 풀릴 것인지.

"그래, 그렇다. 알고 있다면, 이야기가 빠르지. 같이 가 보겠느냐?"

"부(否)!"

건소길 지체 없이 대답하며 물러섰다. 확고한 대답이라 뭔가 더 말해 볼 틈도 없는 결정이었다.

"저는 갈 수가 없는 상황이니. 할 말이 있다면 직접 찾아오라고 전해 주십시오."

"허. 이 몸이 데리러 온 길이다. 너는 그걸 거부하겠다는 것이냐?”

“분명 대단하긴 하지만, 고마워 할 일은 아닌 것 같군
요. 저에겐 지금 다른 곳에 끌려갈 시간도 힘도 없습니
다.”

“흐음.”

대력우마존은 불만스럽게 혀를 찼다.

“그럼 억지로라도 데리고 가야겠군.”

“그건 안 된다니까.”

슬쩍 걸음을 옮겨 앞을 막는 자. 용호다.

대력우마존의 얼굴에 짜증이 서렸다.

“도대체 어쩌자는 건가.”

“결론만 말하자면, 돌아가 달라는 거야.”

“그렇게는 못하지.”

단칼에 잘라 버리는 말투는 아비나 아들이나 마찬가지
였다. 이번엔 용호가 인상을 쓰며 말했다.

“정말로 한 번 붙어?”

“건방진 놈. 성취는 어느 정도냐.”

“어디 가서 탁탑이다 말할 정도는 되지.”

“육 성은 넘었단 말이렷다.”

“얼마 전까지는. 근데 요즘은 좀 더 올라간 것 같아.”

마치 사부와 제자.

그리고 편안한 부모와 자식 사이로 돌아간 듯 허물없는
말이었지만 그 속에는 첨예한 기세 싸움이 함께하고 있었

다.

어느새 장성한 아들을 지긋이 바라보던 대력우마존이다.

급작스레 내치는 주먹. 산이 무너지는 듯한 굉음과 함께 바닥이 터져 나가니, 탁탑삼보 탄권의 비결이었다. 무시무시한 위력. 스치기만 해도 죽는다는 것은 이럴 때 하는 말일 것이다.

용호는 양손을 쇳덩이처럼 번들거리는 묵빛으로 둘러싼 채 대력우마존의 두 주먹을 감싸 쥐었다.

오른 주먹 일권을 양손으로 붙잡아 겨우 가로막은 것이다.

잔뜩 부풀어 오른 승모근. 어깨에서 올라가는 목선에 굵은 힘줄이 돋아나 있었다.

"묵린이 팔꿈치까지 왔군. 과연, 칠 성에는 왔다는 건가."

쾅! 쾅! 콰쾅!

연이어 내치는 권격을 용호가 정면으로 맞받는다. 전력을 다해 부딪치고 부딪치니 주변에 있는 사람으로서도 죽을 맛이지만, 본인들은 신이 나는지 둘 다 웃는 얼굴이다.

아무리 부딪치고 싸운다 해도 같은 핏줄.

결국 속에 있는 본성은 같은 것이다.

콰쾅! 쾅! 쾅! 콰쾅!

이어지는 다섯 합의 공방이다. 무공이 같으니 공격법도 같다. 하나 다른 것은 힘의 차이. 시간이 지날수록 팽팽했던 힘의 저울추가 기우는지 용호의 걸음이 조금씩 밀려나기 시작하더니, 마지막엔 팟, 하고 미처 해소하지 못한 경기가 튀어 올라 용호의 아랫입술이 터져 나갔다.

"퉤. 큭, 역시 강한데, 아버지."

"크하핫! 많이 늘었구나. 내 피를 잇긴 이은 모양이야."

"하! 억지로 물려줘 놓고 생색인가."

애써 강한 척 맞대응하고는 있지만 이대로라면 십 초를 버티기도 힘들 듯했다.

안타깝지만 이 또한 엄연한 현실. 세월의 차이는 무시할 수 있는 것이 아니고, 원래부터 강인했던 아버지는, 못 본 사이 더더욱 막강한 무력이 되어 있었던 것이다.

'이제 한 방 정도는 먹여 줄 수 있을 줄 알았는데……'

다행이라면 다행이랄까. 그의 목표는 더더욱 높은 곳에 있으니 따라잡을 맛이 날 것이다.

"어이. 건 공자!!"

한 걸음 물러나는 용호.

시선은 대력우마존에게서 떼지 않은 채로 건소길에게 외쳤다.

"내가 막아 준다. 빨리 사라져! 이걸로 은혜는 갚았다."

보지도 않은 채 손을 휘휘 내젓는다. 건소길은 흔들리는 눈빛으로 그를 바라보다 이내 고개를 돌려 주변의 건씨세가 무인들을 보았다.

하나같이 불안한 표정. 먼지를 뒤집어쓰고 지친 기색이

역력한 채로 쳐다보는 그들을 보니 안타까움이 느껴졌다.

"몽화……."

진몽화를 바라보았다. 담담한 얼굴. 하지만 흔들리는 눈빛은 건소길이 직접 결정을 내리기를 기다리고 있었다.

건소길은 거기서 깨닫는다.

과거의 은원이 그를 돕고 있지만, 여기서 결정을 내리는 것은 자신이다.

이 무리의 지도자는 건소길이다.

그의 결정에 따라 백단위의 목숨이 좌지우지 되리라.

"돌아…… 갑니다."

건소길의 나지막한 명령은 옆에 있던 조성연에 의해 큰 소리로 발해졌다.

"이동한다—!!"

건씨세가 무인들의 얼굴에 활기가 생겨난다. 소림은 남겠다고 했다. 뒤를 막아 주겠다고. 소림 무공의 정심함 덕분인지 큰 상처를 입은 줄 알았던 나한승들은 모두 멀쩡하게 일어서서 합장을 하고 있는 중이었다.

고난과 역경을 이겨 내는 금강승.

숭산 소림을 지키기 위해 특화된 진정한 무승들이 그곳에 있었다.

"부탁합니다."

건소길은 용호의 뒷모습을 다시 한 번 응시한 뒤 몸을 돌렸다.

좁은 협곡.

홀로 만부부당의 기세를 뿜어내며 일세의 거인을 막아선 사내다.

아들이라고 하니 죽는 일은 없을 터.

건소길이 결정을 내린 것에는 그 부분도 상당히 주효했다.

"꼭 살아서 돌아오십시오."

이걸로 은혜를 갚았다고 했던가. 아니다. 그 이상의 은혜를 다시 입었다. 사내라면 받은 은혜와 원수. 모두 다 갚아야 할 터. 앞으로 해야 할 일이 더욱 많아졌다.

"갑시다!"

선두에서 달리기 시작하는 건소길.

협곡을 빠져나가는 무인들의 뒤로, 홀로 퇴로를 끊어버리는 호한의 권격이 화탄처럼 터져나갔다. 이전의 협(俠)이 구명의 은(恩)으로 돌아온 순간. 건소길은 그렇게 목숨의 위기를 넘겨가고 있었다.

맹 두령은 용호가 가야 할 곳을 먼저 알려 줬다면서 깊고 험한 산세의 골짜기 속으로 일행을 안내해 주었다. 울창한 산림 속. 직접 들어와 보지 않으면 상상도 할 수 없는 지점에 지하로 내려가는 듯한 동굴이 있었는데, 그 안

으로 들어가 보니 구불구불한 통로 끝에 놀랍게도 둥그렇고 커다란 분지가 튀어나왔다.

모두의 눈이 휘둥그레진다.

직접 들어와 보지 않았다면 두 눈을 믿기 힘들 만큼 신기한 지형. 주변을 둘러싸고 있는 산줄기는 내부의 분지를 철저하게 가려 놓았고, 뻥 뚫려 있는 하늘은 마치 이곳이 세상과 단절된 별세계처럼 만들어 두었다.

아마 밖에서 보면 이런 곳에 분지가 있는지 상상도 못할 것이다.

모두가 놀라는 가운데, 건소길은 예전에 가 보았던 묘향산 자락 숨겨진 분지를 떠올렸다.

'비슷해.'

묘향산에 숨어 있던 갈마단의 본거지를 떠올린 것은 우연이 아닐 것이다.

맹 두령을 쳐다보자, 아니나 다를까 씩 웃으며 말해 주었다.

"우리를 쫓는 인간들이 원체 많으니 말이지. 대두령이 혹시 묘향산 본진을 버릴 경우 대체할 곳을 찾아 두라고 했었거든. 여긴 그때 찾아낸 곳이다. 이 동네 토박이 땅꾼들 중에서도 아는 사람이 셋을 안 넘어."

"말하자면 갈마단의 예비 본진이었군요."

"그렇지."

맹 두령이 자랑스럽게 고개를 끄덕인다. 찾아낸 사람이

맹 두령 본인이라도 되는 듯했다.

"큰 도움에 감사합니다. 용 단주에게도…… 진심으로 감사하다고 전해 주십시오."

건소길은 직접 다가가 정중하게 포권까지 취했다.

"별말씀을. 우리가 입은 은혜가 더 크지. 하핫! 그럼 푹 쉬라고. 내 장담하건데 이곳을 찾을 수 있는 놈은 하나도 없을 거야."

맹 두령은 뒤도 돌아보지 않은 채 갈마단의 사람들을 이끌고 지하통로를 통해 다시 밖으로 빠져나갔다.

아마 용호에게로 가는 것이리라.

명령 때문에 데려다 주긴 했지만, 그들에게 있어서 용호는 삶의 목적이자, 갈마단 그 자체였던 것이다.

"이제……."

건소길은 잠시 말을 잃었다.

분지 곳곳을 둘러보며 눈을 빛내는 사내들. 그리고 그들을 이끄는 자신.

'어찌해야 하나.'

마음이 흔들리니 의지도 약해진다.

건소길은 짝, 소리가 나게 자신의 양 뺨을 때리고 마음을 다 잡았다.

나약해져선 안 된다.

정신없이 달려온 길. 우연과 필연이 겹쳐 살아났으니 이제는 후일을 도모해야 할 때다. 둥그런 하늘을 올려다보는 건소길의 두 눈에서 강인한 빛이 흘러나왔다.

❖   ❖   ❖

갈마단은 의외로 세심하게 준비를 해 둔 상태였다.

분지의 안쪽에 커다란 항아리 스무 개와 봇짐 스무 개가 있었는데, 그 안에는 바싹 말려서 보존이 용이한 건량과 양고기로 만든 육포가 들어 있었다. 그뿐인가? 분지의 중앙에는 커다란 우물을 파서 수원(水原)까지 확보해 둔 상태였다.

이백여 명의 사람들이 실컷 먹으면서도 열흘은 버틸 수 있는 양이다. 적어도 열흘간은 나갈 필요 없이 흔적을 감출 수 있게 된 것이다.

건씨세가 사람들과 해검진가 사람들은, 보이지 않는 벽은 있지만, 이젠 한 가족이란 마음으로 모든 생활을 함께 하고 있었다. 식사도 함께했고, 대화도 자주 나눴다.

가장 큰 변화는 무공이다.

그들은 서로의 무공을 공유했다. 해검(解劍)의 비기와 청류(靑流)의 비법을 허심탄회하게 이야기하며 연련을 하는 것이다. 하지만 그 와중에도 각자 어두운 기색은 숨길 수가 없었으니, 낙양에서의 사건 때문이다.

특히 그중에서도 건소길의 얼굴은 어두웠다.

그에겐 해야 할 복수가 있다.

복수의 상대는 강하고, 정체 모를 집단과 손을 잡기까지 했다. 자칫 잘못하면 평생이 걸릴지도 모르는 일이리라. 멍하니 있을 틈은 없었다. 최선을 다해 자신을 연련하고, 강해져서 낙양을 되찾아야 한다.

"후……."

각자 많은 생각을 품고 있던 밤.

조성연이 만들어 준 잠자리에서 나온 건소길은 기묘한 느낌을 받고 분지의 입구 쪽으로 걸어가고 있었다. 뒷목과 연결된 무언가가 그에게 신호를 보내는 듯한 느낌이다. 뒷골이 간질간질하여 참을 수가 없었다.

"도련님?"

"엇! 어디 가시려고요?"

분지로 들어올 수 있는 유일한 입구를 지키고 있던 무인 두 사람이 물어 왔다.

건소길은 대답하지 않고 지그시 하늘을 올려다보았다.

눈을 감고 귀기울여 본다.

그를 부르는 목소리.

먼 거리를 격하고도 전해지는 강렬한 의념(意念).

"잠시. 입구 쪽을 살펴보고 올게요."

"동행을 붙여 드릴까요?"

"아뇨, 괜찮습니다. 그저 산책만 하고 올 테니."

건소길은 어쩔 줄 몰라 하는 무인들에게 웃어 준 뒤 지하통로를 통해 밖으로 빠져나갔다.

보름달이 휘영청 밝은 빛을 흩뿌리는 날이었다. 북두의 일곱 별이 유난히 밝게 빛나고, 그 주변에 알알이 박혀 있는 별들이 두 눈을 한가득 채운다.

개운하면서도 몽롱한, 마치 한 잠을 푹 자고 나서 새벽에 일어난 듯한 기분이 들었다.

잎사귀를 사박사박 밟으며 걸어가는 건소길에게는 망설임이 없었다.

마치 어디로 가야 할 지 알고 있는 듯.

건소길은 끊임없이 걸어갔고, 마침내 용호가 뒤를 끊어주었던 협곡에 다 달았을 때 그의 운명과 마주쳤다.

"너는……."

흔들리는 눈빛. 하지만 마음은 오히려 굳건해진다. 건소길은 스스로도 이상할 만큼 차분해진 채 그들에게로 다가갔다.

적당한 크기의 모닥불 앞에 두 사람이 앉아 있었다.

한 사람은 아는 얼굴이다.

천벌사신으로서 봤던 얼굴. 잊을 수가 없다. 어마어마한 무력으로 그에게 첫 번째 실패를 안겨 주었으니까.

"곽부선?"

"알아보는군. 영광이오."

대자대비하게 허허 웃는 모습이 천하에 보살이 따로 없다. 위수분지 흑선파의 곽장량으로서 그가 행했던 악행을 떠올리면 가증스러울 따름. 건소길은 더 이상 그에게 시선을 주지 않은 채 시립해 있는 곽부선의 앞, 온몸을 흰 천으로 둘둘 감은 채 바퀴 달린 의자에 앉아 있는 자를 바라보았다.

'이자다.'

더 생각할 것도 없었다.

어떤 것은 머리로 이해하기 전에 본능으로 아는 법이다. 흰 천으로 온몸을 두른 자야말로 그의 천명이다.

하늘이 내린 대적이자, 서로의 삶을 온전히 이해할 수 있는 유일한 동지.

멀리 떨어진 분지 안에서 그를 불러낸 것도 이자이리라. 어떤 원리, 어떤 힘으로 그런 일을 해낼 수 있었는지는 모르나, 그를 불러낸 주체가 이 자라는 것에는 추호의 의심도 없다.

"그대가…… 천벌사신입니까?"

나직하면서도 선명하게 들리는 목소리였다. 진심이 귓속을 파고들어 가슴에 직접 와 닿는 느낌. 그가 부탁을 하면 모르긴 몰라도 그 누구도 쉽게 거절할 수 없을 것이다.

"그래. 내가 천벌사신이다."

건소길은 부인하지 않았다.

가면을 쓰지 않은 채 처음으로 인정하는 일이지만 조금도 망설이지 않는다. 상대는 그를 알고 있었다. 부인하는 것엔 의미가 없다.

"반갑습니다. 진실로 반가워요. 난 그대를 만나고 싶었습니다. 하늘의 변덕으로 태어나 이제껏 고난을 겪고 살아왔지요. 자미성 아래에서 태어나 평민들과 다른 힘을 얻었으나 그것은 저주가 되어 내 삶을 옥죄었습니다. 하나 천인(天人)께서 나타나 내 운명을 수렁에서 건져 주시니, 그때부터 나는 내 천명을 깨닫고 스스로 자미라고 칭했습니다."

자미성 아래에서 태어난 자미.

자미존.

건소길은 놀라지 않았다. 왠지 그럴 것 같았던 것이다.

'자미존자.'

아버지께 들었던 말이 아직도 기억에 생생하다.

자신과 똑같이 자미성 아래에 태어나, 역적의 운명을 타고난 채 그 길을 제대로 걷고 있는 자가 있단다. 그자를 붙잡아 황실에 증명해야 한다고 했다. 그게 건소길이 사는 길이라고. 그것만이 대명천하에서 살 수 있는 방법이라고 했다.

'아버지, 이제는 회의가 듭니다. 그러는 게 의미가 있었을까요. 오히려 그렇게 결정을 함으로써 아버지를 잃고 낙양을 빼앗긴 것은 아닐까요?'

나약한 소리다?

아니다. 부모를 잃고 고향을 잃었다.

이괴의 뒤에는 이 자미존자가 있다고 추측되는 바.

어찌 보면 불구대천의 원수를 눈앞에 둔 지금, 상대가 악인이 아니니 자꾸만 다른 생각을 하게 된다. 얼굴까지 둘둘 만 하얀 천 사이로 내비치는 자미존자의 눈빛은 선과 악을 초월해 어딘가 먼 곳을 바라보고 있었다. 부모의 원수에 대해 화를 내는 것조차 하찮게 느껴지니 그것만으로도 신비로운 일이다.

'그런데, 평민이라…….'

평민.

보통 사람이란 뜻으로 들으면 별다른 문제가 안 되지만, 문제는 그 말을 할 때 자미존자의 말투에선 우월의식이 느껴졌다는 점이다.

거만하거나 무도한 성격이 아님에도 그렇다.

하늘을 말하고 천의를 말하고 있는 상황에서, 그 자신을 특별하게 여기는 선민의식이 있다고밖에 생각되지 않았다.

"천인께서는 이렇게 말씀하셨습니다."

자미존자는 과거를 떠올리듯 하늘을 올려다보며 말했다.

"어린 시절 받은 상처가 너무 커서 행동에 인의가 없다. 맹목적인 성격이라 위험하게 변하기 쉽고, 사람을 깊게 이해하려고 하지 않아 네가 볼 수 없는 사실들이 많다. 주변에 강인하기는 하나 이기적인 사람들이 붙어서 너를 이용하려 할 것이다. 역천(逆天)의 인재가 너다. 하지만 같은 날에 태어났지만 다른 운명을 타고난 아이가 너를 막을 것이니 걱정은 되지 않는다. 네가 하고 싶은 일을 마음껏 해 보도록."

건소길은 마음이 흔들리는 것을 감출 수 없었다.

역천을 말하고 운명을 논한다.

그 말 자체로도 충격이거늘, 그 말을 여과 없이 말하는 자미존자의 말투에는 도통 적응할 수가 없었다.

이런 말을 왜 자신에게 하는 것인가?

'곽부선도 놀란다……? 몰랐다는 건가?'

단운룡이 힐끗 시선을 돌려보니 자미존자의 뒤에서 조용히 시립해 있던 곽부선은 놀람과 격동을 감추지 못하고 있었다. 그도 처음 들은 게 분명했다.

"같은 날에 태어났지만 다른 운명을 지닌 아이가…… 바로 그대입니다. 천벌사신."

새하얀 천 사이로 자미존자의 두 눈이 건소길을 뚫어져라 응시했다.

우르릉—

하늘도 격동한 것일까. 밤인데도 불구하고 눈에 뚜렷이 보이는 먹구름이 협곡으로 몰려들고 있었다.

"그 아이가 나라…… 그래서 낙양을 노린 것인가? 내가 막지 못하게 하기 위해서?"

"아니요. 그 반대입니다."

"반대라니?"

"막아 줬으면 했습니다. 그대로 두면 그대는 낙양 땅의 포근함에 발이 묶여 영영 내 앞에 나타나지 않을 것 같더군요."

"……!"

건소길은 머리를 한 대 얻어맞은 듯한 심정이 되었다.

눈앞에 별이 번쩍인다.

심장이 쿵쾅거려 호흡을 조절하기가 힘들었다. 감정이 폭포수처럼 흘러넘치고 있었다.

"어쨌거나…… 나 때문에…… 낙양을 쳤다고?"

"그대는 천하로 나아가야 합니다. 그런 운명이지요. 하늘은 우리의 운명을 그렇게 만들어 놓았습니다. 당황스러운가요?"

"……."

당황? 당황의 정도가 아니다.

건소길은 일생일대의 충격을 받았다.

"저는 어린 시절, 하늘이 가혹한 역경과 시련을 주었을 때 다짐했습니다. 천부이거(天賦而拒)! 하늘이 준 운명을 거부하겠노라고. 세상은 천지인이라. 하늘이 사라지면 결국 남는 것은 땅[地]과 사람[人]뿐입니다. 저는 땅을 이롭게 하는 농업과 사람을 위해서만 주어진 재능을 사용하기로 하였습니다. 하늘이 주는 것은 그 어떤 것도 받고 따르지 않겠다고 맹세했지요."

행운
공차

"운명을 거부하겠다면서, 천하로 나가는 게 운명이라고……? 말이 앞뒤가 안 맞지 않나?"

"아니요, 맞습니다. 운명이기 때문에 그대는 천하로 나가야 하고, 저를 막기로 한 그 운명은 제가 막아 버릴 것입니다."

건소길은 입이 바짝 마른다는 게 어떤 건지 알게 되었다.

자미존자의 말인 즉슨, 운명이란 게 존재한다는 것을 인정하되, 그 운명을 일부러 막겠다는 말이었다.

'역천……!'

자미성 아래에서 태어난 자는 역천의 운명을 타고난다고 했던가.

역천이란 말이 이리도 어울리는 자는 또 없을 것이다.

얼마 전에 반란을 일으켰던 한왕 주고후? 택도 없다. 자미존자야말로 진정한 역천의 인물이다.

일부러 천의를 따르게 만들어 놓고 자기가 다시 그걸 막는다?

정상이 아니다.

죄를 저지르게 만들고 그 죄인을 자기가 잡는 포졸이나 마찬가지다.

인성이 극도로 비틀렸다.

대체 과거에 어떤 일이 있었던 것인지 궁금해질 정도가 아닌가.

"운명을 막는다는 것은…… 무슨 말이지?"

"나는 그대에 대해 조사했을 때 느낀 점이 있었습니다. 그리고 지금 이 순간, 그대를 보면서 또 느꼈지요. 그대는…… 참으로 행복하게 자랐군요."

질문에 대한 답이 아니었다.

인세를 초월한 채 어딘가 먼 곳만 바라보던 자미존자가 어느 순간 인간의 세계로 내려왔다. 두 눈에는 사람의 감정이 가득 담긴다.

질투. 원망. 한탄.

부러움과 질시가 담긴 그 감정은 건소길의 과거와 자신의 과거를 비교하는 듯했다.

"가족이 있고 친우가 있었겠지요. 마음껏 사랑받고, 마음껏 사랑했을 겁니다. 자신이 이능(異能)을 타고 났음에도 주변에선 다른 사람과 다를 바 없이. 아니, 오히려 더욱 큰 사랑을 주었을 겁니다."

"그건……."

"같은 운명이라면서 어째서 이렇게나 달랐던 걸까요. 하늘은 왜 이리 공평하지 못한 겁니까. 어린 시절 당신이 받은 혜택의 반…… 아니, 백분지 일만이라도 내게 있었다면. 그래서 그녀를 지킬 수만 있었다면……!"

그랬다면.
이렇게까진 하지 않았을 텐데.

말로 표현하지 못한 침묵 속에는 그런 뜻이 담겨 있었으리라.

건소길은 반박할 수 없었다. 실제로 그는 많은 사랑을 받고 컸기 때문이었다.

"그러니 나는 보여 줄 것입니다. 하늘이 저지른 실수가 무엇인지. 그래서 나타나는 결과가 어떤 것일지."

"……도대체 이해할 수가 없다. 대체 원하는 게 뭐지?"

"원하는 것? 하늘이 스스로 후회하게 만들 것입니다."

"뚜렷한 목표가 없고?"

"없습니다."

"신념은? 사람들을 이롭게 하겠다는 것 아니었나?"

"사람은 아무리 힘들어도 어떻게든 살아갑니다. 제가 살아났듯. 살 사람은 어떻게든 살게 됩니다."

"……."

한계였다.

더 이상 참기가 힘들었지만, 마지막으로 한 번만 더 물었다.

"그래서…… 낙양을 침공한 건……?"

"고도(古都) 낙양은 새로운 역사를 쓰는 데 큰 힘이 되어 줄 것입니다. 많은 나라에서 수도로 삼았던 도시를 이렇게나 방치하다니. 명제국의 실책이나 다름없습니다. 북경이건 남경이건. 이곳에서 시작한다면 수도를 집어삼키는 것도 금방일 테지요."

화아아악—!

뭉클.

강렬한 기세가 주변을 뒤덮은 것과 동시에, 건소길은 이미 뇌전이 번뜩이는 손날로 자미존의 목을 쳐 내고 있었다.

일격필살.

생전 처음, 진심으로 상대를 죽이기 위해 손을 쓰는 것이다.

바퀴 달린 의자에 가만히 앉아 있는 자미존자는 공격이 날아오는 줄도 모르는 것 같았다. 자미존자의 눈과 건소길의 눈이 허공에서 부딪쳤다.

자미존자의 오른쪽 목덜미 피부가 반 치 정도 잘려 나간 순간, 건소길은 정면에서 쏘아진 음유한 녹빛의 경력 때문에 뒤로 물러나야만 했다.

"무엄하다!"

곽부선의 외침은 마치 황제의 곁을 지키는 금의위마냥 당당했다.

파팟!

건소길은 황급히 뒤로 물러서며 양손을 세 번이나 휘두른 뒤에야 경력을 해소할 수 있었다.

초절정의 경지에 오른 고수인 곽부선.

지난번의 싸움 뒤로 시간이 좀 지났건만. 곽부선의 무

258

력은 여전히 막강했다.

"이놈. 존자께는 손댈 수 없다!"

"……막는 건가."

건소길의 두 눈이 형형하게 빛난다.

"당신도 알 텐데. 이놈은 터무니없는 괴물이다. 죽는 것이 더 세상에 이롭단말이야!"

"그건 네 생각이지."

아니란 말인가?

건소길은 곽부선의 두 눈을 바라보았고. 그 안에서 진한 욕망을 볼 수 있었다.

"세상이 변하기 위해서는 희생은 불가피한 법. 어차피 패업은 그런 식으로 이루어지는 것이다."

'패업……'

자미존자를 바라보았다.

흔들림 없는 눈.

자신이 방금 죽을 뻔했음에도, 그리고 자신의 수하가 패업을 언급했음에도 불구하고 그는 조금도 동요하지 않는 눈으로 건소길을 바라보고 있었다.

'그리고 욕망.'

자미존자가 스스로 했던 말이 떠오르는 것은 왜일까. 주변에 강인하기는 하나 이기적인 사람들이 붙어서 이용하려 든다고 했던가.

"그 눈! 무엄하기 그지없다. 천벌사신 따위는 존자께

비하면 세상에 해를 끼치는 하찮은 존재! 너의 능력은 자신이 얻은 행운을 불행으로 바꿔 남에게 주는 것이 아닌가. 그야말로 역병신(逆病神)이라 불러 마땅한 자다! 그에 비하면 존자께서는 스스로 고행을 통해 만인에게 행운을 가져다주는 존재. 그야말로 하늘이 내린 축복이며, 만인이 우러러야 할 성자(聖子)이니라!"

건소길은 말을 잃고 곽부선을 바라보았다.

그 내용. 그 말투.

위험하기 짝이 없다.

자미존자 같은 반골이 곽부선 같은 모사꾼을 만났으니 이 둘의 조합만으로도 세상에 존재해서는 안 되는 사람들이지 않은가.

'고행을 겪고 남에게 행운을 준다…… 그래, 그런 거였구나. 그런 능력이었구나. 그걸로 세상을 뒤집으려 하는구나.'

건소길은 이 순간, 자신의 천명을 깨달았다.

파지직!

빠르게 짓쳐 드는 몸.

진천뇌정신공의 진기가 뿜어져 나가고 청류단소검의 간결한 일격이 곽부선의 어깨를 노렸다. 곽부선은 구유녹혈공의 공력이 흐르는 섭선을 휘둘러 건소길의 손목을 노려왔다.

공격과 공격이 맞물리는 상황.

건소길은 제자리에서 몸을 회전시켜 섭선을 피해 낸 뒤, 곧바로 파미각을 쳐 낼듯 몸을 낮춰 곽부선의 발목을 노렸다.

파라라락—

휘릭! 쩌정!

장포자락이 휘날리고, 허공에서 맞부딪친 손날과 섭선이 쇳소리를 토해 냈다. 제자리에서 뛰어올랐던 곽부선이 다시 땅으로 내려오는 순간이었다. 건소길은 공격을 할듯 허초를 뿌린 뒤 청류무한보를 사용해 뒤로 빠졌다.

'이대론 힘들다. 승부를 내야 해.'

연이은 싸움 때문에 내상이 중첩되었지만, 그렇다고 몸을 사리며 싸울 상대는 아니었다.

허리춤에 붙이는 주먹.

강인하게 땅을 짓밟고 상체를 돌리는 순간, 꽉 움켜쥐고 있었던 주먹은 어느새 꼿꼿하게 세운 손날이 되어 있다.

단전에서 모든 게 쭉 빠져나가는 느낌이 들었다.

전심전력.

가진 바 모든 것을 건 일격이었다.

번쩍.

뇌신의 창처럼 뻗어 나간 전격이 자미존자가 서 있을 공간을 꿰뚫었다.

공기가 사라진 것처럼 허공이 우그러들고, 충격파는 뒤이어 터져 나왔다.

쿠와아앙—!

울컥, 피를 토해 내며 뒤로 물러서던 건소길은, 자미존자의 왼쪽귀가 날아간 것을 보았다. 원래는 가슴을 노렸건만, 곽부선의 재빠른 일수에 의해 옆으로 휘어지고 말았던 것이다.

뿌옇게 올라오는 흙먼지 사이로 바닥에 떨어진 곽부선의 섭선이 보였다. 찢기고 뒤틀린 채 자루만 남은 상태다. 봉두난발에 추레한 몰골이 된 그는 울컥 피를 토해 내며 짐승 같은 안광으로 건소길을 쏘아봤다.

"이노옴……!"

살기 어린 시선.

자세히 보니 사라진 건 섭선만이 아니었다.

곽부선의 왼쪽 팔이 손부터 팔꿈치 부근까지 완전히 사라져 있었던 것이다.

"감히……!!"

극도로 분노한 곽부선 앞에서 건소길은 아득한 절망감을 느꼈다.

'죽이지 못한 건가……!'

뇌룡포는 위력이 강한 대신 대가가 크다. 온몸의 내공을 쥐어짜듯 가져가 버리기 때문에, 한 번 사용하고 나면 세 시진 이상 아무것도 못하는 꼴이 되어 버리는 것이다.

벌써부터 다리가 후들거리고 호흡이 가빠 왔다. 가슴 속에 뱀 한 마리가 기어 들어온 것처럼 혈관이 꿈틀거리고, 피가 교통하지 않는 양손은 뻣뻣하게 굳어 가고 있었다.

곽부선이 다가왔다.

봉두난발의 머리 사이로, 혈관이 다 터져서 빨갛게 충혈된 눈이 그를 노려본다.

뻑!

왼쪽 어깨에 둔탁한 충격이 가해진 순간, 건소길은 내부의 뼈가 조각조각 부러져 버린 것을 느낄 수 있었다. 기이한 방향으로 뒤틀린 팔. 극도의 고통이 척추를 타고 머리까지 치달아 올랐다.

뻑! 빠악! 우득!

"……!"

연이은 공격에 세 번 격타당한 건소길은 신음조차 흘리지 못한 채 바닥으로 쓰러졌다.

오른팔, 왼다리, 오른다리.

이제 사지의 뼈가 모두 부러져 있었다. 건소길은 신음을 흘리며 고개를 뒤로 젖혔다.

숨이 멎는 기분이었다. 머릿속이 새하얗게 변했다. 정신이 없는 와중에도 공격은 계속되었다.

퍽. 퍽. 퍽.

타격이 적중되고 몸의 뼈가 하나 더 적중될 때마다 건소길의 허리는 뒤틀렸다.

그리고 마침내.

"건방진 노옴……!"

음유한 녹색강기에 휩싸인 오른쪽 주먹이 노리는 곳은 건소긴의 목덜미다.

맞으면 즉사를 면치 못한다.

건소길은 자신이 죽음을 확신하는 순간, 그의 위기를 구해 주는 목소리가 있었다.

"자군. 그만."

"하나 존자……!"

"그만하세요."

끼릭거리는 소리는 바퀴 달린 의자가 움직이는 소리일 까. 착 가라앉은 목소리가 점점 가까이 다가왔다.

"이 사람이 존재해야, 저도 자미로서 존재할 수 있습니다. 저는 알 수 있어요. 그러니 그 흉폭한 마음을 거두세요."

"……이자는…… 위험합니다, 존자."

"어서요."

자미존자의 말은 거역할 수 없기 때문인가. 고민하던 곽부선이 결국 안타깝다는 듯이 물러선다. 잠시 후, 가까이 다가온 자미존자가 말했다.

"본론은 말하지도 않았는데 공격을 가하다니. 듣던 것보다 성격이 급하군요. 천벌사신."

"큭…… 너는…… 살아 있어선…… 안…… 쿨럭쿨럭."

"용서하겠습니다. 그리고 말합니다. 그대는 나와 함께 하세요. 낙양의 사소한 은원은 버리고, 함께 이 세상에 새로운 물결을 만듭시다."

철컥.

"존자……?"

뒤에서 곽부선이 경악하는 모습을 보이든 말든, 자미존자는 바퀴 달린 의자에서 뭔가를 눌렀다. 톱니바퀴가 돌아가는 듯한 기이한 소리가 울리더니, 푹, 하고 의자에서 튀어나온 수십 개의 철침이 자미존자의 온몸을 찔렀다.

"존자, 어째서……!"

자미존자는 대답하지 않는다.

기이한 기운이 일렁이는 무심한 눈.

인간의 감정을 잃어버린 듯한 자미존자가 의자에서 천천히 일어서더니, 건소길의 이마에 손을 가져다 댔다.

"깨어나세요. 인간의 감정, 인간의 원한은 한때입니다. 더 큰 뜻을 위해. 난 그대가 나와 함께하길 바랍니다."

이마가 뜨겁다.

자미존자의 눈은 흰자가 없이 새카맣게 물들어 있었다. 마치 불에 달군 쇳덩이로 지지는 듯한 감각과 함께, 자미존자의 몸으로부터 무언가가 들어왔다.

그건 기(氣)도 아니고, 물리적인 무언가도 아니지만. 건소길이 누구보다 더 잘 알고 있는 것이다.

행운.

건소길은 저항했다.

몸을 뒤틀고, 소리를 질렀으나, 양손 양팔이 다 부러져 말을 듣지 않으니 막아 낼 방도가 없었다.

"자미의 은총입니다. 기쁜 마음으로 받아들이세요. 훗날 만약 그대가 다시 모습을 보였을 때 내 편이 되지 않는다면…… 그때는, 함께 간 낙양사가의 생존자들은 무사하지 못할 것입니다."

나직한 한 마디는 건소길에게 피할 수 없는 족쇄가 되었다.

온 몸을 감고 있던 백포가 피투성이가 된 자미존자는 떠나갔고, 곽부선 역시도 무서운 눈빛을 한 번 남긴 채 떠나갔다.

"으아아아아아—!"

건소길은 절규했다.

도저히 받아들일 수가 없었다.

그의 아버지. 그가 사랑하던 사람들을 죽인 상대가 그에게 남긴 게 '행운'이라니.

그의 절망과 절규는 하늘에 닿았고, 달을 가린 먹구름 사이로 한 줄기 뇌성이 내리꽂혔다.

천지가 흔들리는 듯한 굉음. 번뜩이는 섬광과 함께 건

소길의 정수리로 뇌전이 떨어졌다.

쾅! 쾅! 쾅!

건소길은 자신의 몸이 산산이 부서지는 것을 느꼈다. 온몸을 관통하는 전격. 그로 인해 수축하고 뒤틀리는 근육이, 온몸의 뼈를 조각조각 부숴 놓고 있었다.

분근착골이라는 말이 있다.

근육을 분리하고 뼈를 골라 낸다는 말인데.

본래 무림에서 정보를 알아내기 위해 고문을 할 때 쓰이는 방법이지만, 지금 건소길은 그 분근착골의 수법을 경험하는 것과 다름이 없는 것이다.

검은 피를 토해 내야 몸이 편해지듯. 온몸이 하나, 하나 죽어 가다가 다시 살아나는 것을 반복하고 있었다. 혈도가 완전히 터져 버렸다가, 다시 새로 생기는 것이 반복되었다.

더욱 빠르게 교통되는 진기. 숨을 쉴 때마다 약동하는 뇌전력이 온몸을 채우고 있었다.

두근. 두근.

심장이 뛸 때마다 강인한 힘이 전신에 팽팽하게 휘몰아친다.

건소길은 환골탈태의 기연을 만난 것과 다름이 없는 것이다. 전신의 탁기가 깨끗하리만큼 사라졌고, 머리 위 백회혈로부터 시작된 흐름은 점점 거세져서 발끝까지 관통했다. 부르르 떨리는 몸. 협곡을 적시는 빗물은 건소길의 주변에선 뿌옇게 수증기로 기화된 채 사라져 갔다.

옷이 다 타 버리고 알몸이 된 건소길이다.

상처 하나 없이 깨끗해진 그는 새카만 하늘을 올려다보며 허무한 웃음을 터뜨렸다.

"하하…… 하하하하!"

그의 목소리엔 짙은 회한과 분노가 가득했다.

각자 비슷한 듯 전혀 다른 천명을 지닌 사람을 만났다.

하늘은 어찌 이러는가.

어째서 그의 원수에게서 행운을 받게 하는가.

"하하하, 나는…… 어찌해야……."

건소길의 목소리가 잦아든다. 지그시 눈을 감는 건소길. 먹구름으로 새카맣게 물든 하늘처럼, 그의 천명도 어두워지고 있었다.

終章

행운공자

역사가 깊었던 낙양사가가 멸망했지만…… 당연하달까.
세상은 미동도 없이 잘 돌아가고 있었다. 낙양사가에 대한
이야기가 풍문으로 돌았지만 그건 잠시뿐. 마치 당연하다
는 듯 낙양사가가 가지고 있던 상권과 토지, 재산은 삼괴
의 밑으로 흘러 들어갔다.

　마치 뛰어난 모사가 있어, 앞으로 할 일들을 치밀하게
계획해 둔 듯했다. 그렇지 않았다면 일이 이렇게나 부드럽
게 진행될 리가 없다.

　건소길이 정신을 차린 것은 협곡에서 숙적과의 조우가
있은 후 정확히 사흘 째 되던 밤이었다.

　몸은 최상의 상태를 유지하고 있었고, 내부의 혈도는
완벽히 정비되어 언제 어느 곳이든 진기를 유통할 수 있었

지만 그럼에도 그는 혼란스러웠다.

그를 찾아내서 구해 준 것은 진몽화와 장일봉이라는 이야기를 들었다. 진몽화는 계속 옆에 있으면서 대화를 나눴지만, 협곡에서 무슨 일이 있었는지는 묻지 않았다. 그가 워낙 심각한 표정을 짓고 있으니 배려해 준 것이리라.

낙양땅은 이괴가 이끄는 이괴방이라는 곳에 모든 것을 장악당했다고. 그곳에서 시작된 천신교(天神敎)가 백성들에게 퍼져 나가고 있다는 이야기도 들었다.

건소길은 그 모든 것에 반응하지 않았다.

침상에 멍하니 앉아 있다가, 밤이 되면 하늘을 올려다보는 일만 반복했다.

그렇게 며칠이나 지났을까.

분지 밖으로 잠행을 나갔던 장일봉이 한 사내를 데려오면서 상황이 변하기 시작했다.

"도련님. 이 사람은 추룡이라고 합니다. 북원과의 전쟁터에서 종군하던 사람이고, 강호인으로서는 저 천하의 수로맹주의 친아들이 되는 사내이지요."

건소길은 수로맹주라는 이름에 반응하여 고개를 돌렸다. 장강수로맹은 녹림 삼십육채와 장강 삼십육채를 지배하는 강호에서 가장 거대한 집단 중 하나였다. 게다가 현 수로맹주는 강호십대고수로 손꼽히는 사람이다.

명실공히. 강호에서 손꼽히는 거파 중 하나인 것이다.

"어이, 하오문 아저씨. 그런 말할 필요 없잖아? 난 그냥 옛 약속 때문에 한동안 머무르기로 한 거라고."

추룽이라는 사람은 사내다운 각진 얼굴에 이마를 가로지르는 큰 십자 흉터를 가진 청년이었다.

팔꿈치와 무릎에는 각반과 비구를 찼고, 허리춤에는 단도를 세 개나 차고 있는 모습이 마치 낭인무사를 보는 듯했다.

"허. 이봐. 뭐지 그 비협조적인 태도는? 이거이거 앞과 뒤가 아무리 달라도 그렇지. 뭐가 어째? 전에 찾아왔을 때 뭐라고 그랬어? 도와주기만 하면 뭐든지 하겠다고, 사정사정 하지 않았냔 말이야."

"아니, 그건 그랬지만…… 그래도 정도가 있잖아? 이건 받은 거에 비해 과한 거 아냐?"

"과하긴 개뿔! 그때 내가 얼마나 고생했는지 알아? 황실에서는 동창을 보내서 쓸데없는 것 캐지 말라고 압박하지. 군부에선 귀신 이야기라도 들은 것처럼 정색을 하지. 그렇다고 이름이 알려진 사람도 아니고. 내가 그때 그 사람 찾는다고 얼마나 고생을 했는지 아느냔 말이야. 말 그대로 중원 전체를 뒤졌어! 그때 그 일 때문에 움직인 사람이 몇 명인지 아냐고! 내가 금분세수한 다음에 쓸 돈의 절반이 날아갔어!"

허리를 쭉 펴고 당당하게 외치는 장일봉은 전대 하오문 문주였던 모습을 마음껏 보여 주고 있었다.

준 만큼 받는다.

그게 장일봉의 정의인 것이다.

"아무리 그래도 그건 아니다. 절반이라니? 천하의 귀영신도가 벌어 둔 돈이 얼마나 많을 텐데!"

"액수를 불러 주랴? 그럼 그 돈 갚을래?"

"에잇. 정말. 알았어! 알았다고! 뭘 하면 되는데? 내가 잘하는 건 싸움밖에 없는데. 그렇다고 벽을 넘은 걸로 보이는 저 도련님을 가르쳐 달라는 건 아닐 테고."

"벽을 넘어?"

"왜 모르는 척이야? 저 도련님. 환골탈태 한 번 하셨구만 뭐."

"……."

"그럼 내가 딱히 가르칠 건 없을 거란 말이지."

장일봉은 놀란 눈으로 추룡을 쳐다봤고, 이내 그가 진심이라는 걸 알아챘다.

"알고는 있었지만 대단하구만. 그럼 그걸 한눈에 알아보는 자네는?"

"나? 나야 뭐. 나도 넘은 지 얼마 안 됐어."

이번엔 건소길이 놀란 눈으로 추룡을 바라보았다.

추룡의 나이는 많지 않아 보였다.

기껏해야 스물일곱? 많아도 서른은 넘지 않았을 모습이다.

그런데 벽을 넘었다니.

혹시나 해서 그를 살펴보았는데, 그는 정말로 강해 보

였다. 진천뇌정신공의 극성에 이른 지금의 건소길이 봤는데도 강하단 말이다.

'역시 세상은 넓구나.'

자만하고 자신감이 생길 만하면 이런 괴물들이 튀어나온다. 세상은 여전히 넓었다.

"대체 어떻게 그럴 수가 있죠?"

"엉? 무슨 말이야?"

"저는 벼락을 아홉 번이나 맞고서야 벽을 넘을 수 있었습니다. 기연에 기연을 거듭해서야 얻은 거였죠."

"음. 그러니까……."

추룡은 손으로 턱을 한 번 문지르더니 재밌다는 듯이 씩 웃었다.

"너는 기연을 거듭해서야 얻었는데, 왜 난 벌써 올라갔냐. 뭐. 그런 말인가?"

"그렇다기보다는……."

건소길은 뭔가 덧붙이려다 고개를 저었다.

"아니, 사실 그 말입니다."

"솔직해서 좋네."

"미안합니다."

"아니, 괜찮아. 근데 말이지. 내가 해 줄 수 있는 대답은 별거 아니야."

추룡은 피식 웃더니 품 안에서 갈색으로 말린 잎사귀 하나를 꺼내 돌돌 말아 불을 붙였다.

입안에 대고 피우니, 코에서 연기가 뭉클뭉클 새어 나온다. 추룡은 자신의 머리를 툭툭 치며 말했다.

"당연한 거 아냐? 쓥, 미친 듯이 고생한 거지. 사람은 고생한 만큼 강해지거든."

"⋯⋯!"

"사람은 행운으로 강해지지 않아. 당장 뒈져 버릴 것 같은 고통과, 개 같은 증오심 속에서 강해진다고. 원래 그렇게 되어 있는 거야. 사람은 행복하면 제자리에 안주하거든."

아직 이립도 안 된 젊은이가 얼굴 표정은 거의 세상사 달관한 노인 같았다.

희한한 일이다.

추룡이란 남자는, 내키는 대로 마음껏 살 것 같은 자유 분방함과, 세상사 달관한 허허로움을 동시에 갖고 있었다.

"힘들게 사셨나 보군요."

"아아, 힘들었지. 그래서 그런지, 난 강해진 게 그리 기쁘지만은 않아. 나랑 함께 있었던 형제들도 전부 강해져 버렸고 말이야. 난 느린 축에 속한다고."

추룡이 형제라 부르는 자들.

분명 친형제란 뜻은 아닐 것이다. 건소길은 두 눈에 이채가 떠올랐다.

"형제들이라면, 동생들⋯⋯?"

"형님이 둘이지. 밑으로는 셋이 있어."

"다들…… 강한가요?"

"아아, 무지하게 강하지. 하지만 나보다 강한 건 둘…… 아니지, 요즘은 막내가 치고 올라와서 셋이야. 하여간 재능 있는 것들은 무섭다니까. 난 그들 중에 가장 빨리 무공을 익힌 편인데. 강해진 건 가장 느린 편이었어."

놀라운 이야기였다.

이십대의 나이에 환골탈태를 했다면 경천동지할 만한 일이지. 절대로 느린 게 아니다. 한데 추룡은 자신이 둔재라도 되는 양 이야기하지 않는가.

"뭐, 하여간. 내가 하고 싶은 말은. 치열하게 살다 보면 자신도 모르게 강해진다는 거야. 그러니 조급해하지 말라고. 내가 볼 때 그쪽은 우리 막내만큼 빠르니까."

"으음……."

건소길은 신음을 내뱉으며 생각에 잠겼고, 장일봉은 마치 기회를 놓치지 않겠다는 듯 재빨리 끼어들었다.

"거 잘됐네! 자네가 우리 도련님한테 무공을 가르쳐 주면 되겠구만!"

"……뭐라? 어이, 영감. 내가 잘못 들은 거겠지? 지금 무슨 소리를 하고 있는 거야?"

"말한 그대로지. 우리 도련님의 무공수련을 좀 도와주게."

장일봉의 목소리는 진지했고, 눈빛은 너무나도 침착하게 가라앉아 있었다.

잠시 입만 벙긋거리던 추룡은 이내 눈썹 끝이 하늘로 치솟도록 인상을 찌푸렸다.

　　"영감. 미친 거야? 환골탈태해서 벽을 넘은 사람한테 뭘 가르쳐? 내가 가르칠 게 뭐가 있겠냐고?"

　　"허어, 거 말투 한 번 과격하구만. 좀 좋게 말할 수 없나?"

　　"씁, 입에 익은 걸 어쩌라고?"

　　"봤으니 알 텐데? 벽을 넘었다고 한들. 그리고 우리 도련님이 익힌 게 절세의 패공이라고 한들. 자네가 못 이길 것 같던가?"

　　"……."

　　"아니지?"

　　연륜은 무시할 수가 없는 법이다.

　　장일봉은 씩 웃었고, 추룡은 난감하다는 듯이 인상을 찌푸린 채 연초만 뻑뻑 피워 댔다.

　　'날 이길 수 있다……?'

　　다른 생각에 빠져 있느라 정신이 없었던 모양이다. 그런 식으로는 생각도 해 보지 못했던 건소길은 다시 한 번 추룡을 바라보았다.

　　방만하게 서 있는 듯한 자세임에도 불구하고 추룡에게선 빈틈이 보이질 않는다.

　　연초를 피우고 있는 손은 언제든 본인의 우측 면을 방어할 수 있도록 준비되어 있었고, 뒤로 살짝 빠져 있는 발에

선 신법의 자유로움도 느껴졌다.

"도련님은 어떻습니까? 이길 수 없을 것 같으시지요?"

"……맞아요. 어떻게 공격해도 받아 낼 것 같네요."

"그게 바로 사선을 몇 번이나 넘어선. 진정한 고수가 갖춰야 할 면모입니다. 전신에 융통무애하게 흐르는 진기. 언제든 뻗어 냈다 회수할 수 있는 공격의 수급. 그리고 사방을 잠식하여 완벽하게 공간을 장악하는 안력까지. 본래 절정을 넘어선 무인들은 반드시 갖추게 되는 능력이지요."

지그시 바라보는 장일봉의 시선은 건소길이 그런 것을 지니지 못했음을 지적하고 있었다.

"저는…… 그게 없는 것이군요."

"도련님은 무공을 배울 스승이 없었고, 비슷한 속도로 무공을 익혀 나가며 절차탁마할 동료도 없으셨지요. 어쩔 수 없는 일이었으나, 또한 반드시 필요한 부분이었습니다."

장일봉이 난데없이 무공이 뛰어난 청년을 데려온 이유.

그 이유가 드러나고 있었다.

반드시 필요한 것을 스스로 찾아내, 진심을 담아 건네준다. 연륜과 경험을 갖춘 조력자란 이렇게나 소중한 법이다.

"외람된 말씀이나. 직설적으로 말씀드리겠습니다. 도련님, 이 친구에게 무공을 배우세요. 사실 파문장괴나 단수괴녀가 당한 것은 그들이 워낙 폭급한 성미를 지닌 탓에 방심을 하였기 때문입니다. 정정당당하게 싸웠다면 절대로 도련님께 당할 인간들이 아니지요. 그 간극을 이 친구가 채워 줄 수 있습니다. 사선을 수없이 넘어온 경험. 뿔뿔이 흩어진 무공의 종합! 그리고 비슷한 속도로 성장해 온 자들만이 가질 수 있는 동질감! 그 모든 것을 추룡 이 친구가 채워 줄 테지요."

"장 아저씨……!"

"이 늙은이의 말을 들어주시겠습니까?"

오십대 후반.

무림강호인의 나이로 따지면 그리 많은 늙었다고 할 나이도 아니건만. 건소길은 그 말을 거절할 수 없었다.

게다가 그의 말 한마디, 한마디가 마음속에 와 닿았기에, 거절하고 싶지도 않았다.

"알겠습니다."

건소길은 자리에서 일어났고, 추룡의 앞으로 다가와 진지한 얼굴로 포권을 취하며 허리를 굽혔다.

"추 대협. 가문의 원수를 갚고 싶으나, 제가 가진 힘이 많이 부족합니다. 만약 도와주신다면 이 은혜! 죽을 때까지 잊지 않겠습니다."

진심을 다해서 한 인사였다. 추룡은 난감한 듯 머리를 긁적이다 한숨을 푹 쉬었다.

"나 참…… 어쩌다 이렇게 된 건지."

"안 되겠습니까……?"

"형이라고 불러. 대협은 무슨."

추룡은 그 말을 끝으로 쑥스러운지 성큼성큼 안쪽으로 걸어가 버렸다.

건소길은 장일봉에게 감사의 눈빛을 한 번 보낸 뒤 웃으며 그 뒤를 쫓았다.

시간은 빠르게 흘러갔다.

삼 개월.

계절 하나가 다 지나갈 시간은 어설펐던 젊은 무인이 백전노장의 관록을 익히기에 충분한 기간이었다. 추룡은 가르치는 것에 능한 선생은 아니었지만, 모범적인 답안이 뭔지 보여 주는 것엔 탁월한 재능이 있었다.

건소길은 하루에 한 시진씩 꼬박꼬박 비무를 했다.

주변에 있는 돌멩이, 흙, 나뭇가지까지 쓸 수 있는 실전 비무였다. 추룡은 상냥하지 않았다. 그는 얼굴을 갈라 놓은 흉터가 증명하듯 거친 싸움을 일삼아 온 자였고, 비무 시간이 되면 눈이 마주치는 순간부터 대뜸 공격을 날려 오기 일쑤였다.

처음에는 어이가 없을 만큼 간단히 지곤 했다.

치명적인 요혈만 공격하는데다, 공격이 과격해서 도저히 막아 낼 수가 없었던 것이다. 한 시진 동안 비무를 해야 한다는 규칙도 그랬다. 언뜻 보면 짧아 보이지만, 전심전력을 다해야 겨우 반 각이나 버틸까 말까 한 비무를 연속으로 하면 순식간에 체력이 고갈된다. 건소길에게 있어서는 매 순간 생사의 간극에 서 있는 거나 마찬가지였다.

첫날에는 도저히 안 되겠어서 승부를 포기한 적이 있었는데, 추룡은 기어코 일으켜 세워서는 남은 시간 동안 죽어라 때렸다. 목숨을 포기했으면 그 대가도 치러야 한다는 이야기였다. 결국 건소길에게는 선택권이 없었다. 그는 살기 위해 발버둥을 쳐야만 하는 입장이었던 것이다.

한데 비무를 시작한 지 한 달이 넘기 시작하자 재밌는 일이 생겼다.

슬슬 비무가 할 만해지기 시작한 것이다.

추룡의 기습은 미리 알아채고 막아 낼 수 있었고, 작정하고 손을 섞어도 삼십 합 이상을 버텨 냈다. 애초에 내공만큼은 오히려 추룡보다 뛰어났던 건소길이다. 요점은 건소길이 이미 익힌 무공들을 자연스레 녹여 낼 수 있냐는 건데, 예의와 격식이 없는 추룡과의 비무에서 그것이 이루어지고 있었던 것이다.

힘든 하루, 하루.

치열한 시간들을 보냈다.

젖살이 완전히 빠져 버린 채 깡 말라 버린 건소길의 두 눈은 보통 사람들이 봐도 무서워할 만큼 형형하게 빛나다가, 어느 순간부터는 다시 잔잔하게 잦아들기 시작했다.

몸속의 진기가 조화를 찾기 시작한 것이다.

그때부터였다. 추룡의 용왕십삼기(龍王十三技)를 막아 낼 수 있게 된 것은.

처음엔 범접조차 하기 힘든 무공이었는데, 이제는 최후 초식인 해일을 제외하곤 초식을 피하면서 반격을 가할 수 있었다. 추룡도 이제는 슬슬 전력을 다하는 것 같아서 기분이 좋아지는 중이다.

힘겨운 비무연련 중에 한 줄기 빛이 되는 것은 또 하나 있다.

분지 내에 세워진 수많은 목조집 중에 건소길의 바로 옆집에 살고 있는 사람. 진몽화다.

그녀는 무공연련이 끝나고 돌아오면 매일 따뜻한 목욕물과 시원한 물을 준비한 채 기다려 주었다. 그녀도 매일같이 암행을 나가 정보를 취합하고 건무대, 평무대, 해검대의 전술훈련을 하느라 정신이 없을 텐데, 그 와중에 건소길을 챙겨 주고 있는 것이다.

건소길은 그게 고마웠고, 날이 갈수록 연정을 키워 가고 있었다.

복수와 단련.

냉혹하고 거친 삶 속에서 진몽화와의 대화는 삭막해지기 쉬운 그의 마음을 잡아 주는 유일한 버팀목이었다.

그렇게 일 년이 지나갔다.

마침내 용왕십삼기의 마지막 초식인 해일을 상처 없이 받아 낼 수 있게 되었을 때, 추룡은 더 이상 가르칠 게 없다며 떠나갔다. 하지만 건소길은 알고 있었다. 추룡의 무공은 살기를 기반으로 하고 있으며, 상대를 죽이려고 할 때 제대로 된 위력을 발휘한다는 것을.

비무를 위해 힘을 낮춰 준 상대와 비겼다고 해서 좋아할 게 아니다. 그는 더욱 더 강한 단련을 필요로 했다.

그래서 그는 삼 개월간 건씨세가, 해검진가의 무인들과 함께 합동하여 여러 가지 훈련을 했다. 전술과 전략. 거기에 일 대 다의 비무를 통해 무공을 더한 것이다. 위험천만하면서도 뜻 깊은 시간들이 지나갔다. 신기하게도 무공만 생각하던 때보다 훨씬 더 빠르게 무공이 발전했다.

마침내 건소길 한 사람을 붙잡기 위해 해검대와 평무대가 함께 움직이지 않게 되던 날.

그들은 더 이상 분지에 숨어 있을 필요가 없게 되었음을 알게 되었다.

❖　　　❖　　　❖

한때 낙양사가들이 모여 있던 사대로(四大路)는 이제 이괴로(二怪路)라고 불리고 있었다. 낙양 사가가 서로 마주 보던 거리가 아니라, 그 지역을 전부 하나로 통솔하는 이괴방이 들어섰기 때문이다.

이괴방은 그 이름만큼 괴이한 짓을 서슴지 않았다.

그들은 오직 자릿세를 거두고, 거리에 나와 마음 내키는 대로 행패를 부리는 것밖에 하지 않았다. 낙양 땅이 어떻게 돼든, 관부가 어떻게 돼든, 민초들이 어떤 것을 필요로 하든. 그 어떤 것도 신경 쓰지 않은 것이다.

흑도문파조차 자신이 지배하는 땅은 관리하는 척이라도 한다.

한데 그들은 그런 걸 할 생각이 없어 보였다. 그저 그 자리에 있으면서 돈을 걷어 가기만을 바랄 뿐이다.

낙양의 사람들은 절망에 빠졌다. 그들은 할 수 있는 일이 없었다. 관군이건 무림문파건 이괴방이 모두 장악했다. 소림이나 다른 곳에 도움을 청하자니 그쪽도 심상치 않은 상황이라는 소식이 들려왔다. 사혈성과의 일전. 정사대전이 일어난다는 말까지 들렸다.

사람들은 이괴방을 욕했다. 그 후엔 이괴방을 막지 못한 힘없는 낙양사가를 욕했고. 그 후엔 아무것도 할 수 없는 스스로를 욕하며 자괴감에 빠져들었다.

낙양 땅은 죽어 가고 있었다.

그리고 그때, 그들이 나타났다.

"여기. 이것입니다, 도련님."

일 년 만에 만난 오대수는 너무 살이 빠져서 못 알아볼 지경이었다. 퉁퉁한 정도는 아니었지만 건장했던 몸은 사라지고, 득도를 위해 고행을 한 승려마냥 뼈만 남은 모습이었다.

"마음고생이…… 심했나 봐?"

"하하, 별거 아닙니다. 마음고생이야 도련님과 동료 분들이 더 심하셨을 테지요."

외모만 야윈 것이 아닌 듯했다. 오대수에게선 허영, 자신감, 치기도 사라져 있었다. 피곤에 찌들려 눈 밑이 검게 죽어 버린 모습이지만, 그럼에도 두 눈빛만큼은 형형하게 빛나고 있었다.

"이괴방의 자금 흐름입니다. 낙양 전역에서 거둬진 모든 돈은 관부를 지나, 이곳 덕만루를 통해 미륵교로 전달됩니다."

"미륵교?"

"얼마 전에 생긴 사이한 종교입니다. 덕을 쌓으면 기연을 얻는다더군요. 구세주가 나타났다고 난리도 아닙니다. 이괴방과는 서로 모르는 척하고 있지만…… 돈을 관리하는 저는 그게 사실이 아니란 것을 잘 알고 있지요. 아니, 저뿐만이 아닙니다. 사실 낙양 사람들은 이괴방과 미륵교가 한통속이라는 것을 너무나도 잘 알아요."

건소길은 오대수의 두 눈에서 번뜩이는 빛이 무엇인지 너무나도 잘 알고 있었다.

복수심.

오대수는 건소길과 똑같은 심정을 같게 된 것이다.

"도련님. 미륵교가 나타나자 우리 낙양 사람들이 저들 몰래 집 뒤에 지은 게 뭔지 아십니까? 사당입니다. 낙양에 나타났던, 가장 유명하고, 통쾌하며, 정의로웠던 신을 모셨지요. 그리고 지금도 그 사신이 다시 나타나길 간절히 바라고 있어요."

"대수 아저씨……."

"도련님. 당신은 우리의 영웅이십니다. 낙양 사람들은 도련님의 귀환을 쌍수를 들어 반기며 축복할 것입니다."

오대수는 자신이 또 도울 수 있는 일이 있다면 무엇이든 시켜 달라고 했다.

건소길은 눈시울이 뜨거워지는 것을 느꼈다.

그는 이괴방과 자미존자를 향한 복수가 자신만의 개인적인 일이라고 생각했었다.

하지만 아니었던 모양이다.

사람들은, 낙양 땅은, 그들을 그리워하고, 그들에게 힘을 주고 있었다. 고향이란 그런 것인 모양이었다.

"……이제 시작이야."

건소길은 흘러내리려는 뜨거운 눈물을 애써 꾹 참으며 성큼성큼 걸음을 옮겼다.

이미 새로운 역사는 시작되고 있었다.

괴랑대 수석제자 장춘은 기루가 가득한 뒷골목을 거니는 중이었다. 술에 취한 누군가가 그와 실수로 어깨를 부딪쳤지만, 이내 그의 얼굴을 알아보고는 땅바닥에 이마를 몇 번이나 찧으며 사과한 뒤에 돌아갔다.

죽여 버릴까 했지만, 오늘은 술을 많이 마셨기에 술이 깨는 게 아까워서 참았다.

요즘 들어 그는 만사가 짜증스러웠다.

무공도 정체였고, 낙양 땅도 질렸다.

뭔가를 해 버리고 싶은데, 그의 사부는 경거망동은 절대 안 된다고 말했다. 중요한 시기라고. 일 년 전처럼 큰 사고가 일어났다가는 치도곤을 칠 줄 알라며 엄포까지 놓았다.

그런 그가 아무도 없는 뒷골목에서 웬 사내놈과 마주쳤을 때 얼마나 좋아했는지 모른다. 드디어 울분을 풀 곳이 생겼다고, 어서 날 못 알아보고 덤비라고 얼마나 기도했는지 모른다.

기도가 통했던 것일까?

그자는 장춘의 얼굴을 보자마자 검을 뽑아 들었다. 이쪽에선 삿갓과 죽립 때문에 상대를 알아볼 수 없었는데, 상대는 그를 알아보고 있었다.

"장춘."

"아앙? 넌 뭐냐?"

"사신."

문답무용으로 뻗어 오는 검은 빨랐고, 목덜미의 치명적인 요혈을 노리고 있었다. 장춘은 잠이 확 깨는 것을 느꼈다. 장난감인 줄 알고 좋아했더니, 상대는 만만치 않은 실력의 검객이었다.

챙! 콰드득! 땅!

좌장우권 견신보로 검을 쳐 내고, 좁은 골목길 벽에 방해를 받으며 주먹을 날렸다. 연이어 세 번의 공방을 치고받았다. 허초와 실초가 뒤섞인 공격들을 간신히 막아 내고 나자, 삿갓의 사내는 뒤로 훌쩍 물러서더니 웃으면서 말했다.

"실력이 하나도 안 늘었어. 한심하군."

"뭐……?"

"이래서 역사는 반복되는 것이다. 승자는 나태하고, 패자는 절치부심이니."

장춘은 지껄이는 개소리를 더 이상 듣지 않고 달려들며 이원권 중에 가장 사나운 파산쇄(破山碎)를 펼쳤다. 얼큰하게 취해 있던 주독은 이미 다 사라져 버렸다. 방심하지 않고 전력을 다했다. 상대는 이원권을 막아 낸 고수. 검과 장타가 맞부딪치고 내뻗은 우권이 사방을 장악한다.

콰과과광! 콰직!

양옆을 막고 있던 좁은 벽면이 무너져 내렸다.

폭발하듯 터져 나가는 파산쇄의 암경은 무시무시했다. 정신없이 교차되는 공방 속에서 삿갓은 날아가고, 죽립은 찢어졌다. 삿갓 사내의 검날이 장춘의 좌장에 붙잡힌 채 벽면에 박혀 버렸다.

퍽! 퍽!

두 번의 격타음과 함께 삿갓 사내의 옆구리와 어깨 부근의 살점이 떨어져 나갔다.

'그럼 그렇지.'

장춘의 입가에 잔인한 미소가 떠오르는 순간 삿갓 사내가 팔을 뒤로 뻗는다. 그리고 섬광이 번뜩이는 일섬. 장춘은 하늘에서 떨어져 내리는 검이 그가 뻗어 낼 이원권의 권격을 하나하나 해체(解體)하는 것을 목격했다.

푸화악!

쩍 갈라진 가슴에서 뜨끈한 피가 솟구친다.

마침내 완전히 박살 난 채 떨어져 내리는 죽립.

드러난 얼굴을 알아본 장춘이 떨리는 입술로 중얼거렸다.

"네놈은……!"

울컥, 하고 입에서 피가 흘러나왔다. 그는 믿을 수가 없었다. 설마하니. 일 년 전에 직접 싸움을 했었고, 낙양 밖으로 쫓아냈던 놈이었다니.

"오랜만이군. 그리고 작별이다."

"네놈…… 크륵."

푸욱.

말을 내뱉으려는 순간, 벽에 박혀 있던 검이 날아와 쇄골 아래, 가슴에 꽂혔다.

결국 버티지 못하고 주저앉는 장춘이다.

삿갓사내.

아니, 일 년 만에 가족의 복수를 시작한 해검진가의 현 가주 진몽효는 싸늘한 눈빛으로 장춘을 내려다보았다.

"이제 시작이다. 외롭진 않을 것이다. 네 패거리 모두를 저승에서 보게 될 테니."

"크륵, 개. 소리……."

악인이지만 그릇은 크다는 것일까. 장춘은 죽어 가는 와중에도 조금도 주눅 들지 않고 웃음을 터뜨렸다.

계속해서 피거품을 뿜어내던 장춘은 반 각 후, 결국 버티지 못한 채 눈을 감았다.

❖   ❖   ❖

이괴로의 구석에서 장춘이 숨을 거둔 날, 밖을 돌아다니던 이괴방의 무인 오십여 명이 제각각 급습을 당해 죽었다. 그날 밤 흉흉한 기세로 횃불을 든 무인들이 밖으로 튀어나왔고, 그들은 미리 훈련된 것처럼 삼삼오오 조별로 모여 흩어졌다. 사건은 금방 해결될 것 같았다. 지금 낙양 땅에서 이괴방의 영향력은 절대적인 것이다. 한데 진상조사를 위해 나온 괴랑대 무인 스무 명마저 끝내 돌아오지 않았다.

어설픈 초기대응이 부른 실수였다.

결국 몇 달째 모습을 보이지 않던 파문장괴와 단수괴녀가 정예제자들을 이끌고 나왔다. 거리에선 살벌한 분위기가 흐르고 있었다.

당장이라도 무슨 일이 일어날 것만 같은 일촉즉발의 분위기 속에서 단수괴녀는 조사대의 흔적을 쫓아갔고, 파문장괴는 그의 수석제자인 장춘이 있는 곳으로 향했다.

"춘아……!"

허탈한 표정. 짓눌린 목소리였다.

파문장괴 최만궁은 생전 처음으로 자신의 힘으로 어쩔 수 없는 절망을 느끼고 있었다.

"사부님!"

"지, 진정하십시오!"

콰드득.

최만궁이 기대고 있던 벽면에 금이 가면서 흙가루가 후두둑 떨어졌다. 흥분하여 주먹을 꽉 움켜쥐자 돌 벽의 일부가 깨져서 나와 버린 것이다.

"대체 어떤 놈이냐. 어떤 놈이 한 짓이지?"

절망은 잠시. 최만궁은 두 눈을 번뜩이며 증거를 찾기 시작했다.

거리에 남아 있는 싸움의 흔적. 그리고 장춘의 몸에 남아 있는 상흔을 되짚어 보았다.

"이것 봐라. 파산쇄를 펼쳤는데 당했어?"

장춘이 파산쇄를 썼을 정도면 방심한 게 아니라는 소리다. 상대가 만만치 않다는 것을 깨달았고, 전력을 다했으나 당했다. 상대의 실력이 장춘보다 뛰어났다는 이야기다.

"바닥의 혈흔…… 손에 상처…… 이건 그놈 꺼군. 상처는 그놈이 먼저 입었다. 좌장으로 칼을 봉쇄하고 우권으로 타격. 옆구리와 어깨에. 한데 칼이 하나 더 있었어. 그걸로 가슴을 갈랐는데…….."

거기까지 도달했을 때. 최만궁은 장춘의 마지막 상대가 누구였는지 알아챘다.

상대의 공격을 엉킨 실타래 풀듯 흩어 놓으니 해(解).

빈틈을 갈라 놓으니 검(劍).

"이건…… 해검진가……! 이놈……! 설마!"

최만궁의 두 눈에 불신과 경악이 떠오를 때였다. 병장기들이 부딪치는 소리와 함께, 주변이 시끌시끌 소란스러워지고 있었다.

"사부님! 피하십시오! 함정입니다!"

"크악! 위험합……!"

비명, 기합성, 파열음.

거기에 코끝에선 피 냄새가 느껴지기 시작했다. 최만궁은 등골이 오싹해지는 이런 공기를 너무나 잘 알고 있었다.

사선(死線)을 넘는 순간.

전장의 공기 속에서 그의 시선은 줄곧 한 곳만을 바라보고 있었다. 장천의 시신 뒤쪽으로 보이는 뒷골목.

모두가 부산스러운 가운데, 유일하게 싸늘한 침묵이 감도는 그곳으로 최만궁은 걸어 들어갔다.

"찢어 죽일 놈. 거기에 있지?"

잠시간의 침묵.

그리고 어둠 속에서 한 사람이 걸어 나왔다.

"네놈……!"

최만궁은 한눈에 상대가 누군지를 알아보았다.

고작 일 년.

강렬했던 인상을 잊기엔 너무나 짧은 시간이었다. 근육이 더 붙고, 키도 더 큰 것 같지만 상관없다. 설령 얼굴 가죽이 사라졌어도 알아봤으리라.

새카만 눈동자 아래에 숨어 있는 뇌광. 그리고 건장한 몸속에 숨어 있는 강대한 뇌전력.

"건씨세가 꼬마야. 난 네가 최소한 불구가 된 줄 알고 있었는데."

뚜벅. 뚜벅.

차분한 걸음걸이로 다가올수록 최만궁은 잔뜩 웅크린 맹수를 눈앞에 둔 것 같은 위험함을 느꼈다.

"게다가 일 년 전이랑은 전혀 다르구나. 대체 눈에 안 보이는 곳에 숨어서 무슨 짓거리를 하다가 온 것이냐.”

최만궁은 다리를 어깨 너비로 벌린 채 왼손을 앞으로 내밀었다.

상대가 공격을 하기도 전에 먼저 전투를 위한 자세를 취한 것이다. 상대를 그와 동등. 혹은 그 이상의 무인으로 인정한 것과 마찬가지였다.

“알다시피. 내가 행운이랑은 좀 친해서.”

어깨를 으쓱하는 건소길에게서는 여유로움마저 느껴졌다.

“이놈……!”

최만궁은 건소길의 능력을 탐색하기 위해 최선을 다했다.

“네놈, 목표는 나인가?”

“아니.”

건소길의 즉답에 최만궁은 약간 당황했다.

“그럼 뭘 원하는 거냐.”

“낙양. 그리고…… 자미존.”

“……?!”

최만궁의 얼굴이 허옇게 질렸다.

“네놈, 진심이냐.”

“물론.”

“제정신이 아니로군.”

“낙양을 빼앗겼을 때부터. 그리고 아버님이 날 위해 돌아가셨을 때부터. 이괴방은 그저 통과점일 뿐이야."

"건방진 놈!"

"솔직히 말하자면 실망이야. 난 자미존과 그저 손만 잡았는 줄 알았는데, 아예 종속되어 버렸더군? 그저 수하에 불과한 존재였어."

"……"

최만궁은 사나운 얼굴로 진기를 끌어 올리기 시작했다. 이 이상의 대화는 필요 없었다.

"고작 일 년 만에 뭔가가 변할 리가 없지. 오늘은 죽이리라."

"마찬가지야."

후우욱—

좁은 골목.

최만궁을 중심으로 뻗어 나간 기세는 순식간에 건소길에게로 닿았다.

공간을 축약하듯 움직이는 견신보.

종선추두(從湞追頭)의 한 수가 상대를 탐색하듯 건소길을 노리고 있었다.

쩡!! 콰드득!

파문장괴 최만궁은 건씨세가로 쳐들어왔던 때와 똑같은 막강함을 보여 주고 있었다.

하지만 건소길은 예전에 속수무책으로 당했던 그 건소길이 아니다. 종선추두의 한 수를 손날로 쳐 내며 몸을 낮추는 그는 지난 일 년간 절치부심하여 단련해 온 사내다.

벼락을 맞아 진천뇌정신공을 완성시켰다. 추룡이라는 기재와 매일 비무를 했다. 전장에서의 모든 경험과 싸움 실력을 전수받았고, 스스로 얻은 무공을 집대성하여 하나로 합일시켰다.

예전, 최만궁을 보면서 상대할 수 없는 고수라 생각했던 건소길은 이원권의 투로가 손에 잡힐 듯 읽히는 것을 보며 스스로가 오른 무의 경지를 정확히 깨달았다.

퍽! 퍼퍽!

주먹과 주먹이 부딪친다.

최만궁은 강했다. 건소길이 아무리 강해졌다고 한들, 잠깐이라도 방심하는 순간 곧바로 목숨이 날아갈 상대였다.

"이노오옴—!"

쾅!

옆쪽의 담벼락을 무너뜨린 뒤 최만궁의 양팔이 기이한 움직임을 보였다. 좌장이 좌권이 되고, 우권이 우장이 된다. 자세를 바꾸는가 싶더니 다시 되돌아오며 요혈을 노려 오는데, 기이할 만큼 빠르고 무시무시한 속도였다.

파바밧! 팟!

찰나의 순간, 허공에서 서로의 손이 수십 번 교차했다. 단순히 발을 내미는 것에도 수십 가지 변화가 내포되어 있으며, 앞으로 내뻗는 주먹은 언제든 장법이나 지법으로 변할 가능성이 있었다.

최만궁이 무림에서 손꼽히는 고수가 된 이유가 있는 것이다.

쩡! 파밧! 쿠우웅!

"흡……!"

최만궁이 강하다? 물론이다. 하지만 자신의 천명을 깨달은 건소길의 성장은 이미 장강의 뒷 물결이 앞 물결을 밀어내는 수준에 올라 있었다.

뒤로 물러날 땐 비룡풍운보.

멈춰 서서 공격을 막아 낼 땐 하나로 합일된 청류공.

그리고 자신이 공격을 가할 땐, 검지와 중지를 모은 검결지다.

피유웅!

번뜩이는 뇌전. 짧은 섬광과 함께 두 개의 빛줄기가 최만궁의 몸을 스쳐 지나갔다.

"뇌룡포……? 그걸 작게 쏘다니!"

최만궁의 목소리에 경악이 가득했다.

최만궁은 강했지만, 건소길은 더 강했다. 다시 한 번 뻗어 나가는 섬광.

급히 견신보로 피해 내는 최만궁이었으나, 허초를 만들며 세 번이나 뻗어 나간 섬공은 기어코 최만궁의 어깨를 정통으로 꿰뚫어 버렸다.

"큽……!"

은자 하나만큼이나 구멍이 뻥 뚫려 버렸다. 최만궁은 충격을 받은 듯 더 쫓지 못하고 멈춰 섰다.

"네놈. 그게 어떻게 가능한 거냐……! 석 동생도 한 번 사용하면 모든 내력을 뽑아내야 해서 쓰지 못한다고 했거늘……!"

"무인다운 궁금증이군. 그게 중요한가?"

"중요하다!"

최만궁은 버럭 소리를 질렀다.

"무인이 무공을 겨루는데, 자기가 뭘 상대하는지는 알아야지!"

"하. 그런 자존심이 있었으면 예전처럼 전국을 떠돌아다니면서 무공이나 겨뤘어야지."

건소길은 중심을 곧게 세운 채 양손을 좌우로 펼쳤다. 쭉 펼친 검결지가 가리키는 곳은 동쪽과 서쪽. 심유하게 가라앉은 두 눈은 최만궁의 허점을 노린다.

한데 허점이 보이지 않는다.

큰 상처를 입고, 어깨 쪽 진기가 흐트러졌을 것임이 분명함에도, 최만궁의 기세는 처음 싸울 때와 조금도 차이가 없었다.

이것이야말로 파문장괴가 고수로 손꼽히는 이유. 그 어떤 것에도 흔들리지 않는 부동심은 사람을 두 배로 강하게 만든다.

피융—!

다시 한 번 작은 뇌룡포가 날아가고, 최만궁은 마치 화살을 피하듯 견신보로 공격을 피해 낸 채 성큼 안으로 파고들었다.

팡! 꽝! 꽝!

접근전에선 맨손 격투.

건소길의 손날과 최만궁의 주먹이 연이어 부딪친 뒤 건소길이 다시 거리를 벌리려는 순간이다.

화아악—

훅, 하고 끼쳐드는 살기. 막강한 존재감과 함께 강렬한 안광을 뿜어내는 최만궁이 양손이 안 보일 만큼 양팔을 뒤로 젖혔다.

'이건, 기억에 있다!'

최만궁의 필살초. 사자연환격이다.

파라라락—

후우웅—

소맷자락이 떨리고 공기가 빨려 들어간다.

처음으로 건소길의 움직임에 다급해졌다. 손날을 세워 정면을 방어하며, 진기를 끌어 올려 진천뇌정신공을 팔에 둘렀다.

예민해지는 감각.

백 보 밖에서 물방울이 떨어지는 소리마저 들릴 것 같은 고요한 세계에서, 최만궁의 양손이 사방을 잠식하는 모습을 두 눈으로 확인했다.

'위험!'

건소길의 손날이 다시 검결지로 변했다. 단거리에서 내쏘는 뇌룡포다.

처음보다는 굵어진 섬광이 최만궁의 좌, 우 어깨 위쪽을 격타했고, 보이지 않는 무언가와 부딪쳐 폭음을 터뜨렸다.

'아직 다섯 개!'

사자연환격의 공격은 총 일곱 개의 암경이 날아오고 있었다. 사방을 잠식하며 들어오는 공격이다. 건소길은 다리를 굽히며 몸을 낮췄고, 아슬아슬하게 머리 위를 스쳐 지나가는 암경을 피해 내며 허공에 다시 뇌룡포 삼 격을 뻗어 냈다.

펑! 펑! 피유웅!!

'놓쳤다.'

아슬아슬한 상황.

등 뒤로 식은땀이 흐른다.

사방에서 수십 명이 철퇴를 휘두른다면 이런 느낌이리라.

살길은 정확한 동작을 정확한 순간에 해내는 것밖에 없다.

건소길은 뛰어올랐다.

비룡풍운보의 진결을 통해 허공에서 몸을 비틀었고, 수평으로 등을 젖히며 공중제비를 돌아 사자연환격을 피해 냈다. 공격을 아슬아슬하게 피해 내자마자 몸을 다시 세워 검결지를 내리꽂는다.

쾅!!

검결지와 최만궁의 오른쪽 주먹이 닿고. 뻗어 나간 뇌룡포는 최만궁의 주먹을 뚫지 못하고 빗겨 난 채 땅바닥을 둥글게 태운다.

추가로 날아오는 사자연환격에는 다시 손날을 만들어 청류검의 비결을 담아 쳐 낸다.

순식간에 가까워지는 두 사람.

최만궁은 마지막 사자연환격의 힘을 담아 발악하듯 양손을 쳐 냈고, 건소길의 양손은 다시 검결지가 되어 뇌룡포를 뿜어내는 듯했다.

번뜩이는 섬광.

최만궁이 그 섬광을 방어하기 위해 양손을 앞으로 내뻗으며 사자연환격을 쳐 내는 순간.

툭.

최만궁의 가슴에 건소길의 검결지가 닿았다.

"이놈……! 쏘는 게 아니었……!"

푸화악!!

뻥 뚫린 가슴.

최만궁이 털썩 주저앉았다.

두 눈에는 아직도 불굴의 의지가 활활 타오르고 있었으나, 폐장은 물론이고, 심장의 대동맥까지 잘려 나갔으니 버틸 수 있을 리가 없었다.

"이 몸이 당하다니. 그것도 그토록 단순한 속임수에……!"

최만궁은 허탈한 듯 웃었다.

"클클, 인생무상이구만…… 클. 나도 늙었어…… 낙양에 오는 게 아니었는데…….

울컥, 피를 토해 낸 최만궁의 얼굴에서 빠른 속도로 생기가 빠져나갔다.

건소길은 그 광경을 하나도 놓치지 않고 똑바로 마주했다.

아버지의 원수.

낙양 땅에서 건씨세가를 없애 버린 주적이 목숨을 다해 가는 순간이었다.

"진천뇌정신공은…… 음과 양의 극단을 다루는 건씨세가의 청류공과 잘 어울렸지. 그 덕에 뇌기를 작은 흐름으로 나누어서 사용할 수 있게 되었고."

"……클클, 있어야 할 곳에 돌아갔단 말인가."

건소길은 복잡한 눈빛으로 최만궁을 바라보았다.

이상한 일이었다.

복수의 대상을 만나면 들끓는 분노 때문에 정신을 못 차릴 줄 알았는데. 희한하게도 오히려 차분해지고 화가 나지 않는다.

최만궁을 향해 처음에 반말을 했던 것도 그런 이유다. 어떻게든 싸우기 위해 정신을 가다듬으려 했건만. 이렇게 상대를 쓰러뜨리고 보니 상대 역시도 측은하다는 생각이 든다.

　'내가 바보 같은 건가? 이자를…… 미워한들 의미가 있을까?'

　어찌 보면 이자는 멋모르고 날뛰는 짐승이다. 짐승이 밭을 망치면 사냥해서 잡아야 하지만…… 그 짐승을 미워하는 건 이치에 안 맞는 것과 같다.

　"이괴방은…… 오늘로 이 세상에서 사라질 거야."

　"클클클. 건씨세가 소공자라…… 자미존자. 우습게 보는 것 같더니, 고생 좀 하겠어……."

　목소리가 잦아 들고, 눈에서 초점이 사라진다.

　전국에 이름을 알렸던 일대고수가 눈을 감는 순간이었다. 괴랑대 수석제자 장춘이 죽은 곳으로부터 멀지 않은 곳. 스승과 제자는 같은 하늘을 바라보며 숨을 거뒀다.

　그리고 오래지 않아, 주변을 차단하고 습격을 가한 건무대와 평무대의 합공이 마지막 남은 괴랑대를 휩쓸어 버렸다.

　파죽지세로 낙양을 가로지른 건소길이 이괴방에 도착했을 때, 그들은 두 조각난 현판과, 마치 맹수가 날뛴 것처럼 사방에 낭자한 핏물을 발견할 수 있었다.

　내부에선 아직도 싸움이 진행되는 와중이었다.

　싸움은 크게 두 패로 갈려 있었다.

붉은색 경장 차림을 한 홍화대의 여인들과, 백의를 입고 냉막한 얼굴로 검을 휘두르는 해검대의 무인들이다. 일진일퇴로 싸움을 거듭하고 있지만, 놀라운 건 일 년 전의 싸움과는 달리 두 무리가 막상막하의 싸움을 하고 있다는 것이었다.

바닥에 쓰러진 사상자의 수도 엇비슷해 보인다.

해검대의 무인들은 이제 홍화대의 여인들과 정면으로 싸워도 전혀 밀리지 않았고, 심지어 세 명씩 조를 짜서 싸울 때는 전술적으로 압도하는 면모까지 보였다.

"잠깐 정지."

건소길의 말에 건무대와 평무대는 동시에 멈춰 섰다.

평무대 교관이었던 조성연을 포함해, 건무대주 주철, 방득, 장일봉.

건씨세가의 주축 간부들은 잘 훈련된 병사들처럼 건소길의 말에 절대적으로 따랐다. 진봉화가 손짓을 하자, 미리 훈련된 진형을 갖추며 싸움의 현장을 포위했다.

챙! 채챙!

"쓰러뜨려!"

"막아! 막으란 말이야!"

거친 격타음과 비명이 난무하는 전장의 공기는 절정으로 치닫고 있었다.

단수괴녀 봉일래를 막고 있는 것은 팽가 최고의 후기지수인 팽소뢰였고, 그녀의 수석제자 배희희는 해검진가의 현 가주인 진몽효가 상대하고 있었다.

건소길은 두 사람의 싸움을 냉정하게 분석했다.

팽소뢰는 간신히 봉일래를 막고 있는 상태다. 일 년 사이에 크게 발전한 무력은 막강함을 뽐내고 있었지만, 그나마 건소길이 나타나 압박감을 주지 못했다면 당장이라도 무너질듯 위태로워 보였다.

반면에 진몽효는 배희희를 압도하고 있었다. 진가전통 해검의 비기들은 배희희의 소수마공을 가닥가닥 끊어 놓았고, 꼼짝도 못하는 채로 팔목부터 어깨까지 온통 상처투성이로 만들어 놓았다.

건소길이 해야 할 일은 명백했다.

"몽화."

"네, 오라버니."

"쓸어버려."

냉정한 명령.

진몽화는 잠시도 망설이지 않고 미리 준비해서 갖고 있던 푸른빛 깃발을 허공중에 휘둘렀다.

건무대와 평무대는 기다렸다는 듯이 달려 나가 해검대를 지원하기 시작했다.

결과는 바로 나타났다.

안 그래도 비등했던 싸움이 급격히 한쪽으로 기울어 버린 것이다. 눈앞의 적도 아직 남았는데, 다른 적들에게 신경을 쓴 결과다.

질기게 버티던 홍화대 여인들이 쓰러지고, 마침내 마지막 남은 것은 봉일래와 배희희뿐이 되자 장내는 수군거리는 소리조차 들릴 만큼 고요해졌다.

　쩡! 파라락!

　"아악!"

　길어지던 싸움이 끝이 난다.

　진몽효의 일격이 배희희의 왼쪽 어깨를 가르고, 마침내 반격할 힘을 잃은 배희희가 무릎을 꿇고 있었다.

　"희희야! 죽지 마라! 아직 죽으면 안 돼!"

　싸움의 분위기가 반전한 것은 봉일래와 팽소뢰 쪽도 마찬가지였다. 봉일래는 전력을 다하려는 듯 주변에 다가갈 수도 없을 만큼 차가운 냉기를 흩뿌리더니, 철혈패왕공을 사용한 팽소뢰를 과격하게 밀어붙였다.

　강해진 팽소뢰.

　하지만 아직은 연륜과 내공에서 앞서 있는 봉일래다.

　쩌엉!

　마침내 얼어붙은 대도가 튕겨 나가고 하얀 빛을 흩뿌리는 소수가 팽소뢰의 목덜미에 닿으려는 순간. 건소길의 오른쪽 손에서 뇌룡포가 번뜩였다.

　피유우우웅―!

　"컥……?!"

　봉일래는 흥분해서 더욱더 날뛰었으나, 그와 상관없이 뻗어 나간 섬광은 마침내 봉일래의 우측 어깨를 관통하였다.

건소길이 입을 연 것은 바로 그때였다.

"단수괴녀 봉일래!!"

"애송이……!"

"포기해. 살 길은 없다."

봉일래는 건소길을 보고, 배희희를 본 뒤. 주변을 둘러싼 무인들을 바라보았다. 이미 홍화궁의 여인들은 대부분 죽어 버렸다. 이렇게 손쉽게 휩쓸렸다는 것이 믿기지가 않는다. 이렇게 죽어 버릴 아이들이 아니었다.

"예전에 살려 주면서 후환거리가 되겠다고 생각은 했었지만…… 설마, 이렇게나 빨리 찾아오다니. 고작 일 년 만에……!"

그녀는 십 년은 더 늙은 듯한 모습으로 건소길을 응시했다.

"아이야. 일 년 전에 너를 살려 보낸 사람으로서 묻겠다. 저 아이를 살려 주면 안 되겠느냐?"

"……."

"내 마지막 전인이다. 살려다오."

천하의 단수괴녀의 입에서 살려 달라는 말을 듣기가 쉬울까.

상황이 이렇게나 바뀌었다는 것과, 차가운 괴물들로 보였던 이괴들도 자기 제자들은 이렇게나 아낀다는 것을 알게 되자 눈시울이 뜨거워졌다.

분노, 원망, 한탄. 모든 감정들이 하나로 뭉쳐져 머릿속을 장악했다.

"그건······."

건소길은 말문이 막혀 버렸다.

살려 달라는 건 배희희다. 그녀를 살려 두면 훗날 낙양의 큰 위험이 될 것이 분명했다.

"건 동생. 이 일은 내게 맡겨 주게."

"······알겠습니다."

진지하게 가라앉은 목소리로 말하는 자. 진몽효다. 건소길은 잠시 생각하다 뒤로 물러났다. 진몽효 또한 이괴에게 가문을 잃은 사람이다. 복수할 권리가 충분했다.

"단수괴녀, 해결책을 주겠다. 아버님께서 그러셨던 것처럼 자결하라. 그럼 생존자는 모두 살려 주겠다."

"네놈······!"

봉일래는 진몽효를 노려보았다. 진몽효는 해검진가가 습격당하던 당시에 벌어졌던 일들을 그대로 재현하고 있는 것이다. 그녀는 진몽효의 단호한 얼굴을 보자 그가 조금도 타협하지 않을 것을 충분히 알 수 있었다.

"희희야."

"사부님. 저는 신경 쓰지 마시고······!"

"살아남거라."

"······!!"

봉일래의 몸이 뒤에서 누가 잡아당기기라도 한 것처럼 쭉 끌려갔다. 움직인다 싶더니 벌써 이괴방의 담벼락에 다

다르고 있을 만큼 빠른 움직임이다.

아무도 예상 못했기에 막을 수 있는 사람이 없었다. 진몽효는 물론이고, 주변에 있던 모두가 벙 찐 얼굴이 되어 굳어 있는 상태다. 특히 배희희의 절망은 이루 말할 수 없을 정도다.

그 순간 건소길이 움직였다.

파지직!!

한 줄기 뇌전으로 화해 봉일래의 뒤를 선점한 건소길은 양손에 뇌전력을 잔뜩 모은 상태였다.

지체 없이 내려치는 손날에는 청류검의 비결이 실려 있어 주변의 모든 것을 빨아들인다.

담벼락을 넘기 직전이었던 봉일래가 황급히 뒤를 돌며 공격을 막으려 했다.

음한진기가 가득 담겨 새하얗게 변해 버린 소수.

차가운 얼음과 번뜩이는 뇌전이 정면으로 맞부딪쳤다.

파지지지지직—!

"꺄아아아아아아아악—!"

건소길은 전혀 자제하지 않았다.

음한진기는 진천뇌정신공과 상극이었다. 상대를 얼리는 데 특화된 소수마공은 뇌전의 불꽃에 가로막혀 뚫지 못했고, 반대로 그로 인해 만들어진 수기(水氣)는 뇌전이 침투하기 용이하게 만들어 봉일래의 전신에 타격을 주었다.

빨갛게 불타오르는 머리카락.

전신의 혈관이 울퉁불퉁하게 피부 밖으로 튀어나오고, 겉 피부는 타 버린 채 벌겋게 익어 간다.

털썩.

봉일래가 주저앉는다.

온몸에서 연기를 피워 올리는 괴녀의 옆으로 진몽효가 다가왔다.

"괴녀…… 정말 인의도 도의도 없구나. 자신을 따르는 제자들을 미끼로 도망치려 하다니. 하늘이 부끄럽지 않은가."

진몽효의 두 눈에는 온갖 감정이 뒤섞여 있었다.

복수를 한다는 희열과, 그 복수의 대상이 이것밖에 안 된다는 안타까움.

건소길은 누구보다 그것을 잘 느낄 수 있었다. 본인 역시도 그렇게 느끼고 있었기 때문이었다.

"크르륵……."

피거품을 내뱉던 봉일래다.

진몽효가 한 발 더 다가가는 순간, 죽은 듯이 주저앉아 있던 봉일래의 두 눈에서 서늘한 광망이 뿜어졌다.

화아아악—!

다시금 솟구치는 음한진기.

목숨을 건 듯 이전보다 오히려 더 강해진 기운이 진몽효를 덮친다.

파지지직!

푸욱!

"……!"

하지만 봉일래가 내뻗은 소수는 건소길에게 잡혔고, 어느새 해검의 비기를 담아 쳐 낸 진몽효의 쌍검은 봉일래의 중단과 목을 동시에 꿰뚫고 있었다.

"그건 이미 지난번에 봤어."

건소길이 싸늘하게 말했고, 진몽효는 검을 뽑아내 핏물을 털어 냈다.

입만 뻐끔거리던 봉일래.

그녀는 결국 한 마디도 하지 못한 채, 축 늘어진 시신이 되고 말았다.

"배희희가 자결을 하였습니다."

"홍화궁도는 전멸입니다!"

무인들의 보고를 들으며 온갖 생각이 교차하는 건소길이다.

이괴방의 최후.

그들은 낙양 땅을 쳐들어올 때처럼, 자신들도 갑작스레 최후를 맞았다. 무림강호의 역사는 핏속에서 반복되는 것이다.

눈물이 흐르는 것은 어째서인지.

아버지 건청호가 그리워지는 것은 또 어째서인지.

"여러분."

건소길은 떨리는 입술, 흔들리는 눈빛으로 모두를 바라

보며 외쳤다.

"이제 모두 끝났습니다. 우리는…… 낙양으로 돌아왔습
니다."

침묵은 잠시.

방득, 조성연, 주철, 장일봉, 건무대와 평무대.

모두가 격동하는 심정을 감추지 않고 환호했다.

"와아아아아아—!"

낙양 땅에서 환호성이 울린 게 얼마만이던가. 환호성을
듣고 집 밖으로 뛰쳐나온 낙양 땅의 사람들이 점점 모여드는
가운데, 건소길은 진몽화의 곁으로 다가가 손을 붙잡았다.

이젠 모든 것을 복구하고, 새로운 내일을 시작해야 할 때.

진몽화가 건소길의 손을 마주 잡아 주었다. 두 눈이 마
주치고 서로의 마음을 알아차렸다. 모두가 기쁜 마음으로
하나가 되어 있었다.

이제, 복수는 끝난 것이다.

❖   ❖   ❖

상처 입고 나약해진 사람들의 보호자를 자칭하는 미륵
교는 누구에게든 문호가 활짝 열려 있었다. 인근 주민들은
그곳을 끊임없이 드나들었고, 한 번이라도 가 본 사람은
미륵교에 성자(聖子)가 산다며 주변에 포교 활동을 하는
것을 주저하지 않았다.

건소길은 그곳을 새로 건립된 청류가(淸流家)의 가주 자격으로 방문했다.

함께 간 것은 팽소뢰였다.

요즘 들어 팽가로 돌아가지 않고, 낙양 땅에 아예 눌러앉을 것처럼 보이는 팽소뢰는 새로 건립된 청류가의 호법 역할을 자처하고 있었다. 은원이 정리될 때까지만 함께한다고 하긴 하는데, 사혈성과 담판을 지어야 하는 은원을 생각할 때 십 년 안에 처리될 일은 아니었다.

미륵교는 이미 삼층 석탑 여러 개와 오층 목탑을 지닌 사원 형태로 발전해 있었다.

탑을 쌓는 사람들의 모습을 잠시 지켜보니, 모두가 눈에 희망과 열정을 담아 일을 하고 있었다. 사람들은 진심으로 믿는 것이다. 미륵교가 그들에게 구원을 가져다줄 것임을. 오늘보다 내일, 더 나은 삶과 행복을 누릴 수 있을 거라고 조금도 의심치 않고 있었다.

"종교의 필요성…… 인가."

건소길과 팽소뢰는 정결한 몸가짐을 지닌 청년의 안내를 받아 안쪽으로 들어갔다.

사원의 가장 깊은 곳.

단 하나의 장식도 없이 수수한 석조건물 안에서 끼릭— 거리는 소리와 함께 바퀴 달린 의자에 앉은 사내가 마중을 나왔다.

건소길은 무심했지만 팽소뢰로서는 처음 보는 광경이다.

팽소뢰는 놀라움을 감추지 못한 채, 온몸을 흰 천으로 둘둘 감은 기묘한 사내와, 그 뒤에 서 있는 문사 차림의 중년 사내를 살펴보았다.

"생각보다 빨리 만났군요."

"그런가? 난 일 년도 길었다고 생각하는데."

"더욱 강해진 듯 보입니다."

"누군가가 도와준 덕분에 그랬지."

건소길은 붕대 사이로 보이는 자미존자의 두 눈을 정면으로 바라보았다.

흑백이 명확한 눈동자다. 하늘이 내려 준 그의 유일한 동지이자 적수. 건소길은 지난번처럼 격동하지 않았다. 무공이 강해지면서 그의 정신도 발전하였다.

자신에게 내려진 천명을 손에 잡힐 듯 가깝게 느낀다.

건소길과 자미존자는 언젠가 부딪쳐야 할 것이다. 하지만 서로가 서로를 죽여야 하는 사이인지는 아직 확신이 안 든다.

"난 지난번에 네가 한 말을 기억해. 너는 원하는 것도, 신념도 없다고 했지. 오직 하늘이 틀렸다는 것만을 증명하기 위해 산다고. 그런데 왜 이런 교단을 만들어 냈지? 일부러 나서서 고난을 받고, 힘없는 민초들에게 행운을 주는 이유가 뭐야?"

건소길의 온몸에선 항거할 수 없는 기세가 뿜어져 나오고 있었다. 뒤에 서 있던 곽부선, 그리고 주변 벽면과 천정에 숨어 있는 다섯 명의 호위들이 안절부절 못하는 이유가 그것이다.

"그런가. 그대는 나를 죽이러 온 것이 아니었군요."

"그건 너의 대답에 달려 있어."

"대답할 수 없습니다."

"왜지? 잘못 대답해서 내가 죽일까 봐?"

건소길은 살기마저 뿜어냈다. 마침내 참지 못한 곽부선이 섭선을 꺼내 들고 음유한 녹빛의 광망마저 뿜어내기 시작했다.

"당신은 가만히 있는 게 좋을 거야."

그런 곽부선을 노려보는 건소길의 시선.

시선만으로도 유형화되기 시작했던 강기가 퍽, 하고 깨져 나간다.

곽부선의 낯빛이 하얘졌다.

이 정도 패기.

사혈성의 왕들조차 추월했다.

"그런 이유가 아닙니다. 저는 죽음이 두렵지 않지요. 대답하지 못하는 이유는, 저도 그 답이 없기 때문입니다."

"답이 없다……?"

"그저, 그래야 한다고 생각할 뿐입니다. 언제든 자신이 위험하다 싶으면 등을 돌릴 나약한 자들. 도와줄 가치도 없을 텐데…… 어째서일까요. 눈앞에 와서 눈물을 흘리며 세상을 한탄하는 모습을 보면…… 행운을 나누어 줘야 할 것 같습니다."

행운
공자

그때의 일을 회상하는 듯 먼 곳을 바라보는 자미존자였다.

참인가 거짓인가.

건소길은 그런 자미존자를 한참 동안 바라보았고, 이내 그 말이 진실이라는 것을 알게 되었다.

'혼란스러워하고 있다. 자신이 무엇인지. 앞으로 무엇을 하게 될지 모르고 있어.'

그리고 건소길을 깨닫는다.

그의 천명이 이 자미존자를 죽이는 것이 아님을.

아니, 최소한 지금 죽여야 하는 것은 아님을 확신했다.

"앞일은 모르지. 네가 동창의 방문을 받아 죽게 될지, 아니면 민초들을 도우며 선하게 살아갈지. 나는 그저 이 말을 해 주기 위해 왔다."

건소길은 크게 숨을 들이켰다.

들이키는 숨결에 그동안의 회한, 복수심, 분노를 담아 삼키고, 성급한 결정을 유보한다.

"나는 민초들의 성원을 받는 너를 순교자로 만들지 않을 것이다. 앞으로도 그렇게 살아라. 사람들에게 희망을 주고, 그들을 위해 헌신해. 그게 네가 해야 할 속죄다. 만약 미륵교가 뒤에서 암약하거나 수단과 방법을 가리지 않아 피해 받는 자가 생긴다면……."

번뜩이는 눈동자.

온몸을 뒤덮은 뇌전이 섬뜩한 살기를 발한다.

"그땐, 내가 가진 모든 것을 걸고, 네가 이룬 모든 것을 부숴 버릴거다.”

그래야 할 이유가 있고, 그럴 수 있는 힘이 있다.

지금 당장 죽이지 않는 이유는, 그저 그게 사람들에게 도움이 될 것 같아서일 뿐.

자미존자는 대답하지 않았다.

묵묵히, 여전히 결정되지 않은 혼란스러운 눈빛으로 침묵을 지킬 뿐이다.

“잘 있어라. 지켜보겠다.”

건소길은 떠나갔다. 팽소뢰의 날카로운 시선이 잠시 곽부선을 노려보았으나 이내 그 역시도 건소길의 뒤를 쫓는다.

시간을 두기로 한 결정.

낙양 땅의 평화가 찾아오는 순간이었다.

역사의 고도(古都)이자 하남의 요충지 낙양.

그곳에는 낙양 사람들이 열광하는 전설이 있다.

그 전설은 정도 제일 군자의 무파(武派)라는 청류가에 관한 것도 아니고, 낙양을 넘어 하남성 제일의 교파가 된 미륵교에 관한 것도 아니다.

전설은 간단하다.

악인은 벌을 받는다.

관인, 상인, 무인.

어느 누구든, 민초들을 괴롭히고 부정한 일을 하면 사신(死神)의 방문을 받는다. 관의 힘이든 무력이든, 어느 것도 두려워하지 않는 강한 악인일수록 사신을 만날 확률은 높아진다.

낙양의 사신은 목숨을 빼앗아 가는 것이 아니다. 그는 하늘이 태어날 때부터 내려 주는 운(運)을 도로 가져가며, 그리하면 죄인은 불행의 늪에서 자신의 죄를 뉘우친다.

그렇기에 천벌이다.

하늘을 대신해 벌을 내리는 자.

행운을 관장하고, 세상에 정의와 협을 구현하는 자.

천벌사신.

그리고 낙양의 희망이자 등불인 그의 어린 시절을 아는 사람들은, 그를 이렇게 불렀다고 한다.

행운공자.

〈『행운공자』完〉

1판 1쇄 찍음 2014년 8월 14일
1판 1쇄 펴냄 2014년 8월 20일

지은이 | 주　비
펴낸이 | 정　필
펴낸곳 | 도서출판 **뿔미디어**

편집장 | 이재권
기획·편집 | 윤영상

출판등록 | 2002년 9월 11일 (제081-1-132호)
주소 | 경기도 부천시 원미구 상동로 117번길 49(상동) 503호 (우)420-861
전화 | 032)651-6513 / 팩스 032)651-6094
E-mail | bbulmedia@hanmail.net

값 8,000원

ISBN 979-11-315-3407-6 04810
ISBN 978-89-6639-980-2 04810 (세트)